ISBN 9782959227028

MARCO KOSKAS

DAVID ET ROSALIE
ou le film dans le film

GALLIGRASSUD

DU MÊME AUTEUR

Balace Bounel Ramsay 1979
Destino Grasset 1981
L'Homme de Paille Calman Levy 1988
La Position Tango Lattès 1990
Albert Schweitzer, Lattès 1992
Arafat ou le Palestinien Imaginaire Lattès 1994
L'hindou assis sur son trésor Lattès 1995
J'ai pas fermé l'œil de l'été Julliard 1996
Love and Stress Robert Laffont 2002
Avoue d'abord La Table Ronde 2007
Aline pour qu'elle revienne Baleine 2009
Mon cœur de père Fayard 2012
Ivresse du reproche Fayard 2013
Bande de Français Galligrassud 2018
Toutes les femmes ou presque Galligrassud 2019
Sentimental Oxymore Galligrassud 2021
Best seller mode d'emploi Galligrassud 2022
Tel-Aviv Chroniques de la Bulle Gallirassud 2023

La vérité ou le tact ? Il faut choisir. La plupart du temps les deux sont incompatibles.

Eddie Cantor, acteur américain

CHAPITRE 1

Ces deux-là sont connus comme le loup blanc et beaux comme deux lunes jumelles, d'or et d'argent. Quant au film, quelle joie de vivre ! La marée de Noirmoutier, la maison aux volets bleus, et le premier rôle d'Isabelle Huppert quand elle avait encore des bonnes joues dans la France insouciante de ces années-là, juste avant le choc pétrolier de 1973.

Sautet était mon voisin à Cogolin, en été. Un signe, sans doute. Mon mitoyen même. En Juillet/Août on partageait un mur. J'aurais aimé lui en parler. Ca m'aurait documenté. Mais je ne l'ai jamais vu, et jamais croisé dans la rue non plus, ni tombé nez à nez avec lui au marché. Il ne sortait tout simplement pas, vivant comme un enfant caché pendant la Shoah.

Et puis à l'époque, tout le monde s'en tenait à la version officielle du film: César et Rosalie. Pas de David dans le titre. Ca aurait pourtant dû s'appeler " César, David et Rosalie " . C'eût été plus fidèle à l'histoire ; induit qu'il était question d'un trio. Mais Sautet donna à son film un titre de duo, pas de trio, et il avait sûrement ses raisons. Va savoir lesquelles. Peut-être à cause de « Jules et Jim », le trio à deux noms de Truffaut ? Ou alors il trouvait ça trop long "César, David et Rosalie"? Dans son autre film de bande, il en cite pourtant toute une ribambelle: Vincent, François, Paul et les autres.

Là, non. David est sorti du titre. Ejecté. Ou caché, comme Sami Frey pendant la guerre.

De toute façon, quand je partageais un mur mitoyen avec Sautet, je ne m'intéressais pas au couple Sami Frey-Romy Schneider, et je n'aurais pas eu grand-chose à lui dire dessus sinon qu'ils étaient beaux ensemble et beaux séparément ; si beaux que leur beauté écrasait tout, sans égard pour le reste ; si beaux ensemble et si beaux séparément qu'on n'avait pas vu que c'était une histoire d'amour jouée par un enfant juif rescapé de la Shoah, et la fille d'une actrice nazie. Enfin, disons allemande. Mais allemande au temps de Hitler, amie comme cochonne avec le Führer et ayant sûrement fait des cochonneries avec lui, ça s'appelle nazie. Romy Schneider était toute gosse à l'époque. Au même âge que Sami Frey elle courait dans les pattes de l'Oberstufermareshal Martin Bormann, pendant que sa maman Magda trinquait avec l'oncle Adolphe . Á Berchtesgaden, ils étaient voisins comme cochons aussi, Magda et Adolphe. Pas plus de 600 mètres à vol d'oiseau entre eux. En l'absence d'Eva Braun partie inspecter les Jeunesses Hitlérienne, Magda faisait un saut chez les Führer et le Führer sautait Magda. Romy l'a dit un jour.

Est-ce que Sami Frey en savait quelque chose à l'époque où ils ont tourné ensemble « César et Rosalie »? Et Romy, savait-elle que Sami enfant, fuyait les nazis sous un faux nom ?

Dans certaines archives, on lit qu'à l'origine c'est Catherine Deneuve qui devait tenir le rôle de Rosalie. Et puis ça a changé. David aussi devait être joué par un autre acteur que Sami Frey. Philippe Léotard, parait-il. Ca change souvent en cours de route, la distribution d'un film. Ca va ça vient. Un jour c'est untel, le lendemain un autre tel. Acteurs et actrices sont versatiles. Ils acceptent, refusent, hésitent. Mais avec Catherine Deneuve c'eût été un autre film du tout au tout. Un seul film. Pas un film caché dans le film comme avec Romy Schneider et Sami Frey.

La légende veut également que le scénario ait été écrit depuis les années 60, mais qu'il n'intéressât personne à l'époque. Il croupissait dans un tiroir, en attendant que l'ange du cinématographe ne lui prête ses ailes. Choisir tel acteur, telle actrice, ça imprime sa vérité au film. Ou alors ça la lui retire comme le pain de la bouche d'un affamé, et on appelle alors ça une erreur de casting. Là, il fallait vraiment que quelque chose d'autre chemine lentement jusqu'à l'incarnation définitive. Ce n'était pas une question de casting, Romy Schneider en Rosalie et Sami Frey en David. Il fallait que l'Histoire se mêle de cette romance, pour graver ces deux noms ensemble dans le marbre du générique.

Mais Sautet savait-il, pour Romy ?

On peut se poser la question, car au début du film, c'est la maman de Rosalie qui se remarie. Qu'est-ce que ça vient faire dans ce scénario ? Pourquoi ce n'est pas sa sœur, par exemple ? Ou une copine ? Remarier la mère de Rosalie, et la garder allemande dans le film, c'est l'indice que Sautet savait quelque chose. On verra pourquoi. Mais quoi ? Il aurait pu en faire une Française normale, et l'appeler Marie-

Hélène. Là, il a pris une actrice allemande, exactement comme la mère de Romy…

Quand on parle de la Shoah, beaucoup de gens s'écrient : mais on ne savait pas !!!! Comme si ça aurait changé quelque chose s'ils avaient su. Ou comme s'ils ne savaient vraiment pas. Vraiment rien. Aucune idée sur la question. Sautet aurait-il pu ignorer que Sami Frey avait perdu sa mère dans les camps, après avoir perdu son papa de maladie en 1939 ; et que Romy était la fille de Magda, chérie du Führer?

Supposons qu'il l'ait su. Est-ce que ça l'a fait frémir? Ou gêné ? Comment se sentait-il à l'idée de les accoupler? Exalté ou péteux? Ou fier de rabibocher l'irrabibochable? Après tout, il y avait déjà eu un précédent avec Serge et Béate Klarsfeld. C'était déjà arrivé qu'un Juif et une Allemande fondent d'amour après la Shoah. Mais quand même!

Je penche jusqu'à tomber parterre, j'accepte d'être couvert de plumes et de goudron comme un tricheur de saloon dans Lucky Luke, pour l'hypothèse suivante : Sautet a fait deux films en un. Un film visible et un film caché dans le même film. Un film conscient, et l'autre inconscient. Un filmparavent sur le trio César-David-Rosalie, joyeux et bon enfant ; et un film caché sur une impossible histoire d'amour entre Sami Frey et Romy Schneider.

Hypothèse romanesque, va, vis et deviens!…

CHAPITRE 2

En public, Sami n'en pipait mot dans les micros. Ne témoignait pas non plus. C'était juste un mauvais souvenir, la Shoah. L'enfance nue, comme disait Pialat ; orphelin réfugié sous un faux nom à Saint-Avis-les Guespières en Eure et Loir. Fils de Mendel Frey et de Perla Wolf déportée en 1942, jamais revenue. Convoi 55 en partance de Drancy, dixit Wikipédia. Langue maternelle: yiddish. Mais parlant français comme toi et moi désormais. Pas d'accent des faubourgs non plus, bien que né dans le 19eme, Paris populo; pas même une pointe. C'est dire s'il avait remisé ça dans la boîte à cauchemars. Mieux, il avait patiemment lissé et policé ses cordes vocales au Cours Simon, jusqu'à ce qu'elles suavent comme du velours, et ensuite le grand saut: jeune premier chéri de ces dames, brun très nébreux, Clouzot, Bardot, Delphine Seyrig, la gloire et le sommet de l'art…

Mais comment ça a commencé? Les premiers pas. Hypothèse romanesque, lève toi et marche...

Il aurait reçu le script de Sautet chez lui, Place des Vosges, un matin de Juin 1971 avec un petit mot amical du réal. Cette semaine-là, il y avait eu deux journées vraiment chaudes, et Sami aurait cherché un coin d'ombre où s'installer. Mais le soleil frappait déjà fort de bon matin. L'appartement orienté plein sud, se noyait dans la lumière.

Il y en avait partout. Pas moyen d'y échapper, sauf aux cabinets. Ou alors dans la petite remise du fond, en tirant les volets. Pas dans la chambre à coucher non plus car Delphine dormait encore. Elle avait tourné toute la nuit avec Chantal Ackerman une scène pénible de *Jeanne Dielmann* où elle fait la vaisselle en temps réel. Ça avait duré des heures. Trois prises de dix minutes chacune. Elle était rentrée au petit jour, les mains en compote.

Á peine Sami commencerait-il à lire le scénario, que le téléphone sonnerait. En 1971 on ne pouvait pas mettre la sourdine comme maintenant, pour se concentrer sur une lecture. Il fallait décrocher et dire Allô. Autrement ça sonnait jusqu'à pas d'heure. Beaucoup de gens disaient même : allô oui ? Et on ne savait pas qui vous appelait. Pas comme maintenant. Et pas de répondeur non plus. C'est venu deux ou trois ans après, les répondeurs.

Là, ç'aurait été un appel de Jorge Lavelli, le metteur en scène argentin, pour lui annoncer trente nouvelles représentations de la pièce de Carlos Fuentès que Sami avait jouée au dernier festival d'Avignon. La conversation n'aurait pas duré longtemps. OK OK reprise en septembre aux Amabassadeurs, une semaine de répétitions oui ça suffira, d'accord d'accord, et il aurait raccroché. Ensuite, Sami retourne à la lecture du scénario de Sautet. Mais il fait trop chaud ce jour-là pour bien lire. Il allume une Camel et va se servir à boire au réfrigérateur. Un grand verre de Ferrarele rempli de glaçons. Depuis leur voyage en Italie, Sami et Delphine ne boiraient plus que de la Ferrarele. Pas de café, vu qu'il en aurait déjà bu deux ce matin-là. Finalement il s'assiérait dans le fauteuil club au cuir fatigué, usé même, à l'entrée de l'appartement, poserait son verre sur la tablette en marbre du radiateur, et commencerait à lire.

La première scène du film est une scène de poursuite en voiture, mais pas comme dans les films américains. Pas spectaculaire. Sans cascade ni dérapage sur les chapeaux de roue. C'est disons une scène où la poursuite sert de prétexte à une analyse psychologique très fine des trois personnages. César et Rosalie roulent en voiture américaine un peu mastoc et beaucoup m'as-tu vu. Ils se rendent en convoi au mariage de la mère, une file entière de voitures les suit, des amis et des employés de César, le patron toujours en tête. Mais David coupe par un chemin de traverse, et les double dans sa petite voiture jaune de marque indéfinissable. Un genre d'Opel ou de Simca miteuse.

César n'apprécie pas qu'on le double et il se lance à la poursuite de ce blanc-bec qui a osé aller plus vite que lui avec son tacot. De nos jours, une femme te prendrait immédiatement pour un macho débile, si tu faisais ça. Á l'époque, ça passait crème. Rosalie lui sourit bienveillante, à peine un peu ironique. Mais un camion arrive en face au moment où l'américaine déboite. César oblique d'un coup de volant très sec vers le bas-côté, et sa grosse bagnole se retrouve dans un champ de blé en herbe pour éviter la collision. Il y a plus de peur que de mal, mais peur quand même, grosse frousse même, et tous les gens de César qui suivaient derrière, accourent. Rosalie l'engueule vertement, mais César se défend avec des grands gestes: " Allez c'est rien, té ! "…

CHAPITRE 3

Sami ne sait pas encore que Romy Schneider jouera le rôle de Rosalie. Il ne prête pas de trait à Rosalie. Pas les traits de Romy en tous cas. Ca ne pollue pas sa lecture, et cette première séquence du scénario lui plaît beaucoup. Delphine viendrait alors se frotter à lui dans son petit peignoir de soie sauvage, encore tout ensuquée mais déjà aussi belle que sous les spots. Elle lui dirait bonjour chéri qu'est-ce que tu lis, mais elle aime tellement se frotter à lui, même de bon matin, qu'elle n'écouterait pas sa réponse. C'est une chatte, Delphine Seyrig. Frotteuse du matin au soir. C'est aussi une voix. Elle a une façon bien à elle de souffler sur des mots qui volètent ensuite dans l'air. Il y a un film de Truffaut où elle rejoint Jean-Pierre Léaud dans sa chambrette, domino mino domino minette, et elle jette la clef par la fenêtre. Enfermés ensemble pour toujours. Tous les ados de l'époque ont rêvé que Delphine Seyrig ne débarque un jour dans leur chambrette…

Elle a beau être absorbée tout entière par le tournage de « Jeanne Dielman », quelque chose lui trotte quand même dans la tête, comme à chaque fois que Sami lit un script. Qui sera la partenaire de son homme, dans ce nouveau projet ? Jamais elle ne laisse poindre d'inquiétude pour autant. Elle n'est pas de ces femmes-là. Fatale certes, mais fataliste aussi. Delphine sait bien que ce qui doit arriver, arrivera. Alors elle va se préparer, et laisse Sami à sa lecture. L'assistant de la production doit venir la chercher à 13H. Pourvu que ce ne soit pas Romy Schneider, se dirait-elle quand même. De toutes les actrices en vue, ce serait la seule dont elle redouterait quelque chose. Mais quoi au juste?

Ce jour-là, Sami aurait fini de lire le script de Sautet vers midi et demi et sa première impression serait bonne. Très bon scénario de comédie sentimentale, sauf qu'on ne comprend pas ce que veut Rosalie au juste. Pas très intéressante, comme femme. Du genre ni avec toi ni sans toi, un peu capricieuse mais creuse.

Autre remarque de Sami en allant à la cuisine : pourquoi David, son personnage, fait-il de la bande dessinée ? Pourquoi n'est-il pas carrément peintre ? Vraiment artiste, avec des tourments d'artiste, des crises de panique. Des petites questions comme ça, en sortant les œufs du frigo et l'huile du placard. Mais dans l'ensemble, il y a un ton et une tendresse vraiment attachants dans cette écriture ; une façon d'éviter les drames pour que ça reste français et bon enfant, léger, commercial et de qualité. Sautet ne veut pas gratter l'os, et c'est son droit. Sami repenserait d'ailleurs à cette fameuse phrase de Gide: « La profondeur c'est la peau ». On peut dire la même chose de ce scénario…

Mange ses œufs au plat tout seul dans la cuisine, sur la table de bois brut qu'ils ont achetée à la brocante de Poissy l'année d'avant, et quand il a fini ses œufs, il épluche une pomme verte et la découpe en quartiers tout en pensant à cet autre passage du scénario où César, fou de jalousie, vient tout casser dans le studio de David. Là où il travaille ; pas chez lui. D'ailleurs dans le scénar, il n'y a pas de scène où l'on voit David chez lui. Comme s'il n'avait pas de maison ; pas de chez soi. C'est un peu ça qui le renvoie à l'enfant caché qu'il fut. Mais il faudra qu'il relise le script pour vérifier…

Tout à coup Sami se rend compte qu'il a oublié le rendez-vous qu'il avait avec Georges. Alors il court vers le téléphone et cherche son numéro dans le calepin: « Pardon Georges, je suis totalement désolé mais j'ai oublié notre rendez-vous » lui dirait-il en toute franchise, et Perec rigolerait, bon mec. « Vers six heures si tu veux on peut boire un verre, pardon Georges. Tu me pardonnes ? ». Pérec rigole encore. Puis Sami retourne dans la cuisine et Delphine l'y rejoint fin prête. Voyant les restes de son petit repas sur la table, elle dit:

- Tu ne devais pas déjeuner avec Pérec ?
- Si si, répond Sami. Mais j'ai… je sais pas ce qui s'est passé, j'ai oublié.

Delphine glousse et l'entoure de ses bras en lui soufflant à l'oreille: « invite moi à dîner ce soir ». Jamais absente et jamais neutre ; toujours amoureuse active. Du matin au soir elle aime Sami. Seule la sonnerie de l'interphone l'arracherait à lui, et la sonnerie sonne, justement. L'assistant de la production est déjà en bas. Á ce soir.

Tout bien pesé, il aurait beaucoup de remarques à faire sur le scénario. Faudrait qu'il appelle Sautet pour en parler, mais pas tout de suite. Laisser mariner un jour ou deux encore. Sauf que Sautet le devance. C'est lui qui l'appelle le surlendemain pour savoir si Sami a lu.

- Juste une seule fois, dit Sami un peu embarrassé.
- Alors on peut en parler, trancherait Sautet.

Le nom de Romy Schneider roule dans la conversation ce jour-là pour la première fois. Sautet serait tout content, car Romy a adoré son scénar. Ce sera leur troisième film ensemble, après « Les Choses de la vie », et « Max et les ferrailleurs ». Il n'attend plus que la réaction de Montand pour que son trio soit formé. Sautet s'essuierait le front du revers de la main. Quelle chaleur, hein ! Avec Montand, c'est toujours un peu lent, la lecture. Disons qu'il n'aime pas trop lire, Yvo. Il se méfie des mots couchés sur du papier. Voilà pourquoi ça traîne. Et il pose souvent des questions idiotes, genre: « Et le décor? Il sera beau, hé? ». Peut-on lui répondre : non il sera moche ? Il faut juste lui dire que ce sera untel ou untel le décorateur. Les noms ça le rassure. Les noms ronflants surtout. Et ajouter : le tournage aura lieu entre autres à l'île de Noirmoutier.

- Noirmoutier hé hé… Ben je connais pas, admettrait Montand.
- C'est définitif, Romy Schneider ? demanderait quand même Sami, sur la pointe des pieds.

- Oui oui, elle est OK. Elle est vraiment fidèle tu sais, répond Sautet sans y voir de malice.

Une ombre s'est ainsi glissée dans la conversation sans crier gare. Sautet sait-il qu'elle a fleuri sur du fumier nazi, Romy , oui ou non? Bien sûr qu'il doit savoir quelque chose. Mais quoi au juste ?

Seulement, quand Sami la regardera, pensera-t-il à jouer son rôle d'amoureux, ou bien pensera-t-il à Magda forniquant avec le Führer ? Et s'il pense aux coucheries de Magda avec Adolphe à ce moment-là, ses yeux le trahiront, non ? Sautet dira : « Coupez, ça va pas, on la refait. Que se passe-t-il Sami ? ». Ca, c'est dans l'hypothèse où Sautet ne se serait jamais aperçu qu'il faisait deux films en un, et que Sami saurait que la mère de Romy copulait avec Hitler. Mais qui sait quoi, en vrai, à cette époque-là ? Á part que Romy est Allemande…

On peut tout jouer quand on est comédien; simuler ce qu'on ne ressent pas. Les acteurs adorent composer. Être à la scène le contraire de ce qu'ils sont dans la vie. Là, il faudrait que Sami surmonte quelque chose d'insurmontable, pas qu'il compose ; qu'il se sépare définitivement du souvenir de ce jour affreux où les SS sont venus chercher sa maman à Belleville. Il avait cinq ans, caché dans le linge sale…

CHAPITRE 4

Il n'a pas dit oui à Sautet, mais il n'a pas dit non. Il a préféré laisser la question en suspens. Pas ramener la Shoah partout, mais pas s'asseoir dessus non plus. D'ailleurs à l'époque on ne parle pas encore de Shoah. Ca ne s'appelle pas comme ça. C'est le film de Lanzmann qui imposera le mot au mitan des années 80. Dans les années 70 on dit encore l'Holocauste, ou les camps de concentration. Ou bien : l'Occupation, avec un o majuscule. De nos jours, on abrège ; on ne parle plus que des camps.

En ce temps-là, commencent quand même à bruisser des questions gênantes. Il y a eu *Français si vous saviez*. Le passé qui ne passe pas, revient discrètement par les salles de cinéma. Quelques mois avant, Sami a tourné un film un peu expérimental de Duras, adapté d'un livre Gallimard : *Jaune le soleil*. Difficile à résumer, et en plus, personne ne se souvient ni du livre ni du film aujourd'hui. Mais il y était question de deux dirigeants politiques qui se trouvent un ennemi commun appelé le Juif. Incarné par Sami, justement. Une parabole à la noix. Duras a beau être secrète, un peu retorse sur les bords, elle sent tout. Et puis, rien à faire, elle a été Résistante. Ca compte pour Sami. C'est pour ça qu'il a accepté de jouer dans ce truc idiot…

La première projection privée de *Jaune le Soleil* aurait lieu ce jour-là rue Marbeuf. Il y va à pied, en pantalon blanc et chemise verte. Les Parisiennes se retournent sur son passage et lui sourient. Il n'y fait plus attention. A toujours plu aux femmes. Remonte toute la rue de Rivoli et traverse la Place de la Concorde en longeant le Crillon, puis les Champs de bas en haut jusqu'à la salle de projection. Une heure trente de marche en tout. Pendant ce temps, on débite de la Marguerita à la Pizza Pino, à l'angle de la rue Marbeuf, et un orage se forme lentement dans le ciel de Paris ; les cumulo-nimbus noircissent l'horizon, derrière l'Arc. Il va tomber des cordes.

Tout au long du trajet il a cherché. Mais, techniquement, il ne voit pas comment jouer David, ni comment dire non à Sautet. Le tournage étant prévu en septembre, aux mêmes dates que la pièce de Lavelli, il pourrait se prétendre indisponible. Surtout pas donner la vraie raison de refuser. Pas entrer dans les détails. Never explain, never complain. Mais son agent est là, à la projection. Ca doit être Georges Baume, son agent de l'époque, toujours en blazer bleu marine, et pardon si c'est un autre agent car Beaume porte bien son nom à la façon qu'il a de prendre les gens par l'épaule, apaisant comme un beaume. Il n'entre jamais non plus directement dans le vif du sujet avec ses « talents », parlant toujours en premier lieu de la dernière merveille qu'il a vu au théâtre la veille.

Là encore il est tout sourire mais un sourire figé. Un peu crispé même. Comme s'il sentait déjà que Sami dans le film de Sautet, enfin pas le film lui-même mais disons Sami avec Romy, ça n'ira pas de soi. Comme il est aussi l'agent de Romy, d'après ce que disent les gazettes de l'époque, et pardon si ce n'est pas lui l'agent de Romy mais pour l'hypothèse romanesque ce serait quand même mieux que ce soit lui, bref comme il est des deux côtés du manche, l'affaire pourrait s'avérer drôlement juteuse. Mais pardon aussi d'être tout à coup trivial, Georges Beaume sent bien qu'avec ce casting on va au casse-pipe. Comment fourrer ces deux artistes à Sautet sans provoquer une catastrophe sur le tournage?

D'ordinaire dans ce métier ingrat, il faut s'occuper du client parfois jusqu'à le border dans son lit, mais là, c'est Sami qui doit inverser les rôles et apaiser son Beaume d'agent. « J'ai lu le scénario de Sautet, commence-t- il à lui dire tout bas, en regardant furtivement autour de lui. C'est pas mal »…

Beaume ne se départit pas de son sourire mécanique mais tous les muscles de son visage attendent la suite pour se détendre complètement et, s'ils restent aussi tendus c'est parce que, quand on dit c'est pas mal, il y a forcément un mais qui suit. Pas spécialement chez Sami, d'ailleurs. Tout le monde dit : « c'est pas mal… mais ». Mais quoi alors ?

- Mais il y a la pièce de Fuentès à ces dates-là, chuchote Sami à l'oreille de Beaume, comme s'il s'agissait d'un secret.
- On n'a rien signé pour l'instant, lui apprend l'agent parlant également bas.
- J'ai donné mon accord à Lavelli.
- Là c'est autre chose, dirait simplement Beaume, patelin.

Un agent ça agence, disait jadis l'agente Marie-Laure Munich, et dans l'esprit de

Georges Beaume prend déjà forme un agencement. Il faudrait décaler la pièce de Lavelli de deux mois pour que Sami puisse tourner le Sautet et jouer la pièce quand même. On va voir ça avec le producteur du Fuentès. On doit pouvoir arranger le truc.

Duras est là dans un coin, sous l'aile d'Albina du Boisrouvray, sa jeune productrice, et elle est immobile. Elle ne bouge jamais, Duras. Toujours statuesque. Dès qu'elle entre dans une pièce, elle se transforme en monument et ça commence à bourdonner autour d'elle. Ca vibrionne, même. On n'imagine pas quelle divinité c'était dans ces années-là. Dès qu'elle ouvrait la bouche on écoutait religieusement. Les gens buvaient ses paroles et cherchaient son regard. Personne n'osait l'interrompre. Le petit Andréa lui porterait déjà son cartable, l'échine encore souple. Avec Delphine, par contre, elles rigolent toujours comme des gamines.

Ensuite il y aurait un déjeuner où Sautet réunit les trois acteurs. Mais où ? Dans quel restau? Á l'époque, la production cinématographique étant concentrée sur les Champs-Elysées, les gens devaient aussi manger dans les restaus du quartier. Mais quand on invitait trois vedettes comme ces trois-là, il fallait mettre les petits plats dans les grands. Brosser le tapis rouge. Ne pas craindre le grand tra la la. Réserver à la Tour d'Argent par exemple. Pourtant la nourriture est meilleure dans bien d'autres endroits à Paris, et d'ailleurs, renseignements pris, Montand n'aimerait pas la Tour. Il préfèrerait manger une sole de l'Ile Dieu à Montparnasse. Alors va pour la Rotonde. C'est juste une brasserie oui, mais on n'y est pas serrés comme à la Coupole. Il y a même des espèces de salons pour les happy few.

En dehors des quatre protagonistes de l'affaire, y aurait-il aussi leurs agents ? La productrice De Broca ? Sans doute, oui. Qui d'autre encore ? En tous cas, Montand et Sami tartinent pas mal de petits pains au beurre en attendant Romy, et elle a déjà une demi-heure de retard. Autour de la table, on gagne du temps et on meuble comme si de rien n'était ; comme si Romy ne les faisait pas lambiner. Sami est le premier à consulter sa montre, vers 13h25. Il n'a jamais rencontré Romy Schneider mais poireauter comme ça pour un premier contact, ça ne le dispose pas bien...

Il a déjà dû surmonter un gros malaise pour accepter de jouer avec une Allemande dans le film. Car entretemps, il a accepté. Beaume a réussi à s'entendre avec le Théâtre des Amabassadeurs pour décaler la pièce de Fuentès de deux mois, et Sami n'a plus eu d'arguments. Disons que Beaume lui a un peu forcé la main, mais à sa façon caressante, toute en douceur, et Sami a finalement dit oui. Oui avec la bouche mais pas avec le cœur. Oui du bout des lèvres, disons…

Quand Romy arrive enfin, l'impression de Sami change à cause de la lumière qu'elle émet. La lumière est avec elle, pour sûr ; dans son camp, si on peut dire. Elle rayonne, dans sa petite robe noire à manches courtes, la peau des bras ambrée, légèrement hâlée. C'est cette pointe d'accent allemand qui le renvoie à chaque mot de Romy à son malaise initial. Elle parle bien le français, parfois même avec des intonations parisiennes très sympathiques, mais le fond reste shleu. On ne se refait pas.

Que sait-elle de Sami à ce moment-là ? Rien de son enfance assurément. Á l'époque, personne ne connaît l'enfance de Sami Frey, sauf Delphine à qui il a raconté que sa mère l'a caché dans un panier à linge quand elle a entendu les Boches cogner à la porte. C'est très romanesque mais est-ce vrai de vrai? Si ce n'est vrai c'est très probable.

Tout au long du repas, des vagues de chagrin et de haut-le-coeur déferlent en lui puis regagnent le large, même s'il ne sait pas non plus que Romy enfant, sautait sur les genoux de Hitler à Berchtesgaden. S'il le savait, il lui renverserait une soupière sur la tête et il quitterait la table, le film, peut-être même la profession. Mais il n'y a pas de soupière sur la table et il sait juste qu'elle est Allemande. Est-ce un crime ? Il faut bien naître quelque part, hein…

Ce repas manquerait surtout du ferment magique qui fait naître la sympathie. C'est un repas pour nouer des liens, souder l'équipage et préparer l'équipée, mais tout le monde reste finalement à quai. Autant Romy est bavarde, autant Sami n'ouvre la bouche que pour mâcher. Il a d'yeux que pour son assiette. Personne ne se doute de ce qui bout dans sa marmite, pour autant. Il rit de bon cœur aux blagues salaces de Montand, mais il reste sur son île mystérieuse jusqu'au dessert et il s'en va avant le café. Romy fait alors un mouvement de la tête, un geste de la main aussi, comme pour le retenir, mais il lui répond d'un sourire entendu en tapotant sa montre de l'index. Ils n'ont pas échangé un mot, ce jour là.

Autour de la table, on veut passer l'éponge ; parler d'autre chose vite fait, sans s'attarder. Faire comme si Sami ne les a pas plaqués, et aborder un autre sujet dans la foulée. Sautet sort les photos de la maison aux volets bleus de Noirmoutier, où le film sera en partie tourné, et elles passent de main en main. Mais Romy regarde à peine. Elle se sent facilement coupable, en tant qu'Allemande. Là, elle est juste arrivée en retard, c'est quand même pas un crime, et elle s'est beaucoup rachetée en étant vraiment charmante avec tout le monde. Se rend-on seulement compte des efforts qu'elle fait pour parler si bien le français ? Renoncer à sa langue maternelle sans trahir sa mère ? Alors pourquoi Sami a-t-il quitté ce déjeuner avant la fin ? C'est elle qui remet le sujet sur la table :

- Sami est parti fâché, non ? lance-t-elle à contretemps.
- Mais non mais non, répondrait Michelle de Broca, la productrice prise de cours.
- Parce que je suis arrivée en retard ?

- Pas du tout, ferait Montand conciliant, en la caressant déjà de l'oeil. Il a eu un petit problème avec sa chérie, oserait-il dire à voix basse…
- Delphine ? s'étonne Sautet, qui a pourtant mis un tas de bobards dans la bouche de César dans le scénar.

- C'est ce qu'il m'a dit. Pas grave toute façon, prétend Montand pas moins démonté que César dans le film. Simone et moi, on a 15 ans de dispute et ça tient toujours, non ? Hé hé…

Il se place déjà, Yvo… Une partenaire à l'écran comme Romy, peut aussi devenir une partenaire au lit. Il a déjà eu Marilyn Monroe et quelques autres divas, alors pourquoi pas Romy Schneider ?…

Mais Romy veut quand même s'excuser pour son retard, si c'est ça qui a froissé Sami. Elle demande à Sautet son numéro, et Sautet sort son calepin parce qu'il ne connaît pas encore le numéro de Sami par cœur. Á l'époque, quand on était en contact souvent avec quelqu'un on connaissait son numéro par coeur. Mais les numéros ne comptaient alors que sept chiffres. Quand on a rajouté le 0 ça a fait tout un foin à Paris. Á moins qu'on ait d'abord rajouté le 4. Bref, Romy sortirait aussi son calepin, et elle noterait. Maintenant au moins, dans cette équipe tout le monde a le numéro de tout le monde. Le départ avant l'heure de Sami a créé du lien, finalement. Au lieu d'un malaise, cet échange de numéro a soudé ce qui se soudait mal. L'idéal, se dit Michelle de Broca la productrice, ce serait un dîner chez moi à Neuilly, avant de partir pour Noirmoutier, une semaine avant le premier clap.

Sautet récupère les photos de la maison qui trainent sur la table, et on se sépare gentiment sur le trottoir en se faisant la bise.

CHAPITRE 5

Elle a maintenant le numéro de Sami, mais elle hésite quand même à l'appeler. Finalement au milieu de l'après-midi, elle l'appelle. Ca sonne sept fois, elle a compté. Concepzione décroche. Monsieur n'est pas là.

Romy ne laisse pas de message.

Frey c'est quoi comme nom ? Espagnol sûrement. Quand on a d'aussi beaux cheveux noirs que Sami, on est forcément Andalou, Catalan, peut-être Aragonais? Marrane, non. Elle n'y pense pas. Mais quelle manie de chercher toujours l'origine des gens ! Le pedigree. L'aryanité. C'est aussi une forme de curiosité pour autrui, pas forcément un vice, et puis il n'y a pas de Wikipédia à l'époque. On ne peut pas trouver des infos comme ça, en un clic. Pour connaître la bio de quelqu'un il faut connaître ce quelqu'un, relationner avec et le questionner, sauf si c'est un personnage historique bien sûr. Ou alors quelqu'un d'assez vieux comme Gabin ou Marlène Dietrich, pour savoir ce qu'ils faisaient pendant la guerre.

La France, merveilleux pays aux bras ouverts, capable d'aduler et Marlène Dietrich et

Romy Schneider, toutes deux Allemandes mais pas de la même Allemagne ; pas de la même souche ni du même bois. Marlène a combattu Hitler, Romy a grandi parmi les dignitaires nazis, comme une perle en eau saumâtre. Marlène obsède Romy. C'est son héroïne secrète, avec la force et le courage de dire non. Mais elle ne peut l'avouer à personne, surtout pas à sa mère. En admirant Marlène elle trahit Magda; en aimant secrètement Marlène, elle la dénonce. Car elle doit tout à Magda, même son premier rôle au cinéma quand elle avait 15 ans. S'il y a bien un sujet à éviter avec elle, c'est justement Marlène. Elle la hait. Romy louvoie toujours avec sa mère pour éviter de prononcer le nom de Marlène Dietrich. Elle en brûle pourtant d'envie. Sur son lit de mort, peut-être qu'elle lui dira : *mutter Ich liebe Lili Marlène*. Enfin, un truc comme ça…

Mais ce jour-là, Magda appelle pour lui annoncer son mariage avec Horst, un caméraman de 20 ans plus jeune qu'elle, et Romy sursaute non pas à cause de l'âge de sa mère (73 ans) ni à cause de la différence d'âge avec son futur époux, mais parce que la première scène de *César et Rosalie* l'annonce déjà ! C'est à sa noce qu'ils se rendent en convoi, et qu'il y a cette course-poursuite au début du film, entre la grosse voiture américaine de César et le tacot de David. Le troisième mariage de Magda est déjà écrit dans le script de Sautet, déjà prédit, et cette coïncidence la fait frémir. Ce n'est pas un script, c'est une prophétie !

Mais il ne faut pas le lui dire, car Magda serait capable d'exiger le rôle. Elle n'hésiterait pas à appeler Sautet lui-même pour s'imposer alors qu'elle ne parle pas un mot de français, elle ! Après l'effondrement du Troisième Reich, elle n'a pas disparu corps et biens comme elle aurait dû avec tous les autres. Même le bombardement allié a galamment évité son chalet. Elle n'a pas été non plus traduite devant un tribunal, et elle a poursuivi sa carrière.

Magda survit à tout. C'est un monstre. Mais c'est aussi sa mère, et Romy l'aime de tout son cœur.

- C'est merveilleux maman chérie ! Qui est l'heureux élu ?
- Un jeune homme, répondrait non sans humour Magda. Il s'appelle Horst et il est cinéaste. Très bon cinéaste…
- Comme je suis heureuse pour toi !

- Ce sera le 2 septembre à Berchtesgaden. Réserve ta semaine.
- Mais ce n'est pas possible maman, je commence le tournage de Claude Sautet le 2 septembre…
- Qu'est-ce que c'est que ce film ?
- Tu connais Claude, c'est lui qui a fait « Les Choses de la Vie«, « Max et les Ferrailleurs »...
- Oui oui mais ça me contrarie que ça tombe en même temps que mon mariage ! Demande à ton agent d'arranger ça.

Ensuite Magda commence à tourner autour du pot ; du film, donc. Elle voudrait savoir de quoi ça parle, qui sont les personnages, et Romy répondrait docilement aux questions de sa mère. Un compte-rendu très scolaire, comme une leçon, avec la même peur au ventre de se faire engueuler que lorsqu'elle était petite si elle oublie un détail. Mais là, elle oublie un gros détail, et elle l'oublie volontairement : le remariage de sa mère justement….

- Tu es une Allemande dans ce film ? insiste Magda.

- Ben oui, répond spontanément Romy. Enfin c'est pas précisé, mais avec mon léger accent ça s'entend…
- Hum… Tu es moins géniale quand tu t'exprimes en français. On ne peut pas changer la langue maternelle d'une actrice, mein liebe.
- Mais maman, dans le film, Rosalie vit en France depuis au moins 20 ans !
- Oui oui, mais enfin si elle est Allemande, il faut pas que ce soit dit juste en passant. On sort à peine de la guerre, mon cœur…
- Quand même, c'est fini depuis 26 ans la guerre…
- Voit-on sa mère, dans ce film ?
- Heu… non. On l'entend seulement, prétendrait Romy en rougissant jusqu'à la racine des cheveux.
- En tous cas, il vaudrait mieux que tu parles allemand dans ce film…
- Tu as raison. Tu as.. tu as toujours raison, maman chérie.

Magda apprécierait la soumission intellectuelle de sa fille en avalant cul sec une gorgée de quelque chose. Du schnapps, par exemple. Pour l'avoir imposée aussi dans le rôle de Sissi qui en a fait une vedette mondiale, elle se sent en droit de contrôler la suite de sa carrière. Elle voit bien que sa fille a filé en France avec ce vaurien de Delon depuis plus de dix ans, mais elle ne désespère pas de la voir rentrer au pays, et redevenir une actrice allemande.

- Et la distribution ? demanderait Magda. Qui sont tes partenaires ?
- Il y a Montand et Sami Frey…
- Tu sais que le vrai nom de Montand, c'est Livi? C'est un Juif…
- Mais non !
- Yvo Livi, c'est son vrai nom.
- Quelle importance ?
- Oh ma fille ce que tu peux être aveugle, des fois !...

Aucune question sur Sami, en revanche. Une fois de plus il échappe à la rafle. Magda ne demanderait même pas qui c'est, elle ne le connaît tout simplement pas. Elle a déjà avalé une grosse couleuvre quand Romy a baptisé son fils David ; quand elle lui a imposé un petit-fils au prénom juif! Si elle savait qui est Sami…

CHAPITRE 6

Bien entendu, Georges Beaume se met à agencer sans perdre une seconde ; reboutonne son blazer et appelle Michelle de Broca pour lui demander si on peut regrouper les scènes où Romy n'apparaît pas pendant les deux premiers jours de tournage, de façon qu'elle puisse se rendre au mariage de sa mère le 2 septembre.

La productrice ne comprend pas du premier coup. Le mariage de la mère étant aussi une scène du film, elle confond le mariage réel et celui du scénario, et il faut vraiment que Monsieur Beaume insiste pour qu'elle y voit enfin clair.

- Au temps pour moi ! s'écrierait-elle finalement, ça prête tellement à confusion hein, vous êtes d'accord, Georges ?
- Oui oui, c'est assez incroyable, avouerait l'agent en desserrant son nœud de cravate machinalement. Et il ajouterait : « il y a ces scènes de pêche en mer, et les scènes de la toute fin du film qu'on pourrait caser les deux premiers jours, non ? ».

- Certainement. Mais il vaut mieux en parler directement avec le petit Sussfeld, l'assistant de Claude. C'est lui qui fait le plan de travail.
- OK je l'appelle, dit Beaume.

Jean-Claude Sussfeld décroche ensuite et à peu près le même dialogue se reproduit entre lui et Beaume.

- Au temps pour moi, finit-il par dire. J'avais pas percuté. La vraie mère de Romy se remarie donc le 2 septembre, c'est ça ? Comme dans le film ?
- Exactement, répond Beaume en souriant.
- Quelle incroyable coïncidence ! Alors, on commencera par les scènes de pêche au casier le 2 septembre…
- C'est ce que j'ai pensé aussi, dit Beaume et l'affaire s'arrange. Merci Jean-Claude c'est vraiment sympa…
- Je vous en prie…

Quand Sautet l'apprend, par contre, il fronce les sourcils. Comment est-ce possible ? Il a écrit cette scène il y a si longtemps ! Mais il préfèrera croire que c'est une simple coïncidence. Du pur hasard, auquel il ne faut pas attacher d'importance. Ce qui plaiderait pour la thèse selon laquelle il ne saurait pas grand-chose du passé de Romy Schneider. Ni celui de sa mère. D'ailleurs, n'est-ce pas son co-scénariste Dabadie qui a suggéré que ce soit le deuxième ou troisième mariage de la mère de Rosalie et non pas celui d'une copine ou d'une voisine, dans cette première séquence du film? Oui, c'est Dabadie. Enfin, disons qu'à ce moment-là, Sautet préfère croire que c'est une trouvaille de Dabadie. Et vite penser à autre chose.

Là, il repenserait aux scènes d'amour du film. Il n'aime pas filmer l'amour physique, et à chaque fois qu'il fait un film il cherche à les éviter. Ou les réduire à leur plus simple expression. Un baiser suffit. Un geste. Et en contre-jour de préférence. Sur l'écran ça fait un peu maniéré, alors que pour lui c'est juste une façon de s'en débarrasser.

De son côté, Sami Frey commence à se demander pourquoi David n'a pas de famille, vraiment aucune famille dans le scénario, à part un vague oncle à Sète. Ni père ni mère ni frère ni sœur. Pas de femme ni d'enfant non plus. Comme s'il était le seul survivant d'une catastrophe. Dans la séquence où David et Rosalie s'enfuient ensemble à Sète, ils trouvent refuge chez cet oncle qui tient un café-hôtel.

Or, pendant la guerre, Sami a dû s'enfuir aussi avec son oncle et sa tante de leur cachette dans l'Eure et Loir, pour se réfugier aussi dans le sud. Ce n'est pas exactement la même chose mais il y a quand même eu un oncle et une fuite vers le sud quand il était petit, alors qu'il n'en jamais rien dit à Sautet, ni à personne. Ça vient d'où, alors ?

Quelques jours auparavant, est paru le livre bouleversant de Martin Gray : « Au nom de tous les miens». C'est ce titre qui trotte dans la tête de Sami Frey en réfléchissant à son rôle. Un livre de survivant. Sans père ni mère, ni frère ni sœur.

Après le déjeuner à la Rotonde, il retrouverait Georges Perec dans sa tanière rue Campagne Première, vers Denfert Rochereau, pour une partie d'échecs. Ils échangent toujours quelques mots en yiddish entre deux coups. Enfin, pas des mots exactement mais des espèces de couinements qu'on appelle des *kviches* . Quand l'un des deux réussit à mettre l'autre échec et mat, il couine : Oy oy! Et le perdant se lamente: *mishegas* ! (pauvre de moi).

Ils se sont connus tout jeunes, à la fleur de l'âge, au Cours Simon. Pérec pensait devenir acteur, mais il a vite abandonné. Très belle carrière d'écrivain en revanche, avec le Prix Renaudot pour *Les Choses*, son premier roman, et une carrière parallèle de cruciverbiste. Chaque mardi, un coursier passe à la tanière rue Campagne Première prendre sa grille de mots croisés pour le journal Le Monde. Sur l'enveloppe, Perec écrit toujours : « Courrier de Presse. Urgent ». C'est devenu un *mensh* dans ce domaine aussi. Né en 1936 dans le 19eme comme Sami en 1937, également dans le 19eme. Son père meurt en combattant ; sa mère en déportation comme celle de Sami. Ils sont de la même souche. La même tragédie. Deux enfances nues. Ils ont poussé comme le rhizome, sans père ni mère. Ca rapproche.

Romy Schneider rappellerait Sami Frey vers 19h30, et là elle tomberait sur Delphine qui la reconnait au premier mot : « ne quittez pas je vous prie «, lui répond-elle en prenant le ton d'une secrétaire zélée. Elles se sont pourtant déjà rencontrées et déjà parlé, à une réunion public du MLF sur le droit à l'avortement. Toutes les deux militent pour ce droit, avec d'autres femmes célèbres. Elle a signé aussi le « Manifeste des 343 salopes » pour l'avortement, paru dans le Nouvel Obs. Là, c'est autre chose. Une distance est née entre elles.

- Pardon de te déranger Sami, je t'appelle juste pour m'excuser. Je ne se suis jamais en retard normalement. Je veux que tu le saches.

- Ne t'en fais pas, lui répond Sami gentiment. J'avais juste rendez-vous à 14h30. Il fallait que je parte…
- C'est ma faute, pardonne-moi. J'espère me rattraper enfin tu verras pendant le tournage c'est toujours moi qui arrive la première…
- Pas de problème, Romy…
- Alors on n'est pas fâchés hein ?
- Mais non, voyons…
- Ca sera un film formidable, j'en suis sûr, ajouterait Romy pour essayer de prolonger la conversation. Tu sais, c'est mon troisième avec Claude…
- Vous ne vous quittez plus, dirait Sami, tout en souriant à Delphine qui est restée dans le salon à bavarder avec un certain Alain, venu la soulager de quelques centaines de Francs pour lancer le quotidien Libération ; un type un peu louche avec des lunettes aux verres fumés, qui échange un tirage limité de faux billets de 500 francs contre des vrais pour financer le journal de Sartre : « dérision anti capitaliste », explique-t-il. En prime il lui

offre un numéro zéro de Libé dédicacé au marqueur noir par le philosophe lui-même : « À la délicieuse Delphine Seyrig, très amicalement. Jean-Paul Sartre »....

Décidément, Sami n'arrive à être ni tout à fait indulgent ni tout à fait détendu avec Romy Schneider, et ce n'est pas la présence de Delphine dans les parages, qui crée ce sentiment en lui. Déjà à table il éprouvait la même chose, et Delphine n'était pourtant pas là. Si seulement Romy prononçait son nom à la française, et pas à l'allemande avec un accent circonflexe sur le a. Elle dit Sâmy au lieu de Sami. C'est un détail sans doute, et un détail qui pourrait être très charmant dans d'autres circonstances, mais Sami tressaille à chaque fois qu'elle prononce son nom car sa mère aussi prononçait Sâmy. Il ne l'a pas connue bien longtemps, sa maman ; mais il l'entend encore l'appeler Sâmy penchée à la fenêtre, et quand Romy Schneider le prononce, il a juste envie de lui crier non ! Pas toi l'Allemande! Lui interdire de prononcer son prénom comme Perla le prononçait. Mais il faudrait surmonter ça. La guerre est finie...

Et puis quand on est Français, on ne se rend pas compte de la quantité de sons imprononçables qu'il y a dans notre langue pour un étranger. Le U par exemple. Ca ne se prononce comme ça dans aucune autre langue. Un Allemand sifflera le U. Ca donne presque « vuh ». Le *on* et le *en* également. Imprononçables. Toujours déformés dans la bouche d'un étranger, qu'il soit Tchèque ou Papou.

Sami s'entraîne ainsi à être toujours indulgent avec Romy. Mais avant de raccrocher elle se risque à dire:

- J'espère que ça va aller avec Delphine…
- Mais ça va très bien, répond Sami d'un ton plus sec, comme réembrumé.
- Tant mieux dit Romy. J'avais cru que…
- Quoi ?
- Non rien, allez n'y pensons plus.
- Bonne soirée Romy.
- Bonne soirée Sâmy.

CHAPITRE 7

Elle, toujours à l'heure ? Allons bon! Quand Romy arrive à Orly le 1er septembre 1971, l'embarquement pour Munich est quasi terminé et les haut-parleurs de l'aéroport rameutent les retardataires: « Dernier appel pour le vol Lufthansa 7145 à destination de Munich embarquement immédiat ».

Elle presse le pas, avec Georges Beaume un peu essoufflé dans son sillage et tout le monde se retourne sur son passage malgré ses grandes lunettes de soleil à la Jackie Kennedy. Il y a même des gens qui rebroussent chemin en tirant leur valise pour la voir de plus près, et d'autres qui n'en croient pas leurs yeux: "Romy Schneider !!!" qu'ils s'exclament, émerveillés par son apparition. Certains demandent un autographe mais n'exagérons pas, elle n'a vraiment pas le temps.

Elle est une des actrices les plus populaires en France. Un miracle d'assimilation aussi. Son idylle avec Delon pendant cinq ans en a fait une des femmes les plus admirées du moment ; les plus fantasmées. C'était un couple extraordinaire il faut dire, Romy et Delon. Leur insolente beauté renvoyait un écho si glamour à la réconciliation franco-allemande tellement chère au Général De Gaulle! Sauf qu'en dehors de Romy et Alain Delon le couple franco-allemand n'a jamais accroché personne. Pompidou, des sous ! braillent plutôt les gens à ce moment-là…

Monsieur Beaume l'accompagne jusqu'au pied de la passerelle, car à l'époque on ne craint pas le terrorisme. Il n'y a pas encore eu de détournement d'avion, donc pas de sécurité renforcée. Pas de FPLP ni de Bande à Baader, donc pas de détecteur de métaux dans les aéroports. Quand une star arrive à Orly, les paparazzi sont prévenus par son agent et ils peuvent encore la photographier en haut de la passerelle comme Moïse sur le Mont Sinaï, agitant la main, tout sourire. Au pied de l'avion, l'aéroport a accepté de placer deux policiers en gants blancs mais juste pour le décorum. Image et prestige de la France. On sait encore vivre !

Cette fois, Beaume n'a mis personne au parfum, et Romy se dépêche de monter dans le Boing 707 de la Lufthansa, accueillie comme une reine par l'équipage. Pensez donc ! Romy Schneider. Ils l'ont attendue 17 minutes avant de décoller. Le commandant de bord lui-même vient la saluer. Wilcomen Fraulein Schneider !

Elle aime être populaire, mais elle n'aime pas ce sentiment fautif qui grouille toujours en elle ; qui ne la quitte jamais. Elle n'est pas retournée en Allemagne depuis 10 ans, mais c'est toujours là, persistant comme une tendinite à l'épaule. L'exil n'y change rien. Elle a pourtant appris le français et acheté un appartement à Paris ; ne tourne qu'en France ; a couché avec Dutronc et Trintignant depuis qu'elle s'est séparée de Delon. Rien n'y fait. Ca bourdonne toujours, ça remue en elle en permanence. L'Occupation, Drancy, les rafles, l'Étoile Jaune, les convois, les camps. Si elle a une fille, elle l'appellera Sarah comme la femme d'Abraham. David son fils, Sarah sa future fille. Sa mère frémira encore, mais qu'importe ! Pourvu que disparaisse le grouillement qui la mine du dedans.

Elle était encore toute petite quand elle sautait sur les genoux du Führer, qui adorait tous les enfants pourvu qu'ils soient blonds. Il n'y a pas qu'elle qui ait sauté sur les genoux d'oncle Adolphe, mais les autres sont devenus des Allemands anonymes ; se sont fondus dans la masse. Même le fils de Martin Bormann, le secrétaire du Führer n'a plus donné de nouvelles depuis des lustres. Il lui tirait les cheveux, jadis quand ils jouaient ensemble au Nid d'Aigle. Jamais ça ne les poursuivra comme ça la poursuit, elle. Il y a malheureusement cette photo de Hitler en uniforme à Bertschgaden, tenant dans ses bras une adorable enfant blonde qui lui ressemble tellement ! Était-ce elle ? Ou une autre petite fille ? Si seulement cette photo pouvait n'avoir jamais été prise…

Notez qu'elle dit toujours « Oncle Adolphe » en pensant à lui. Ca ne l'a pas quittée non plus, même si elle se corrige toujours au dernier moment.

Á l'aéroport de Munich, une voiture noire l'attend pour la conduire là-haut au chalet de Magda, épargné par miracle quand les Alliés bombardaient le bunker de Hitler jusqu'à ce qu'il n'en reste plus que des miettes. Romy se souvient bien des déflagrations en série. Les avions se rapprochaient de la maison puis s'éloignaient. Elle était cachée sous la table. Depuis, le calme est revenu sur la montagne. Deux heures de route dans les Alpes bavaroises qu'elle aime tant, la séparent encore de sa mère. La nature au moins, reste la même pour tout le monde à toutes les époques. Fidèle, intacte et intemporelle, même si les saisons qui se succèdent la marquent de leur empreinte. La fin de l'été dans cette région offre justement une palette inouïe de verts, de rouges, de jaunes. La neige n'est pas encore tombée, mais au loin, la crête du Steinernes Meer est restée blanche par endroits.

La Mercédès noire file au bord du précipice, berçant Romy de son ronronnement régulier. Depuis le déjeuner à la Rotonde elle n'a plus revu Sami Frey. Elle y repense là, parce qu'elle aimerait qu'il soit assis près d'elle, à l'arrière de la Mercédès, et que la guerre soit vraiment finie même dans le souvenir. Elle poserait la tête sur son épaule, et puis c'est tout. Juste la tête. Le grouillement qui la mine en dedans, cesserait aussitôt. Maintenant elle sait qu'il n'est ni Aragonais ni Andalou mais Juif. L'origine exacte, elle ne sait pas mais Juif, c'est sûr. Son coiffeur le lui a dit. Si sa mère l'apprenait, elle s'écrierait : « Mais ma fille, tu ne peux quand même pas partager l'affiche avec deux acteurs juifs ! »…

Sur le perron du chalet, Magda agite la main mais ne descend pas à la voiture, raide comme Chaplin imitant le Führer dans Le Dictateur. Il faut que Romy monte à elle. Ça a toujours été comme ça. Elle ne la couvre de baisers qu'après. Jamais elle ne fait le premier pas ni ne court à sa rencontre, bien que Romy lui soit plus chère que la prunelle de ses yeux. Et puis cette fois, il y a Horst aussi sur le perron ; son futur mari. Légèrement en retrait de Magda, il porte des bottes de cheval. Ce gars-là fait donc du cheval. Ou alors il voudrait juste montrer qu'il fait du cheval. Plus jeune que Magda, ça se voit. Les cheveux encore roux, mais déjà striés de filaments blancs, il lui manque une dent devant. Petit foulard autour du cou et chevalière à l'annulaire, le nez rongé par la couperose, il tendrait la main à Romy en claquant des talons. Quelle manie ! Ça suffit à lui glacer les os. Dix ans sans mettre les pieds en Allemagne, et ces talons qui claquent à peine elle arrive. L'étreinte de Magda, la poitrine opulente de sa maman, havre d'amour et d'oubli, tempère la sonorité affreuse des talons qui claquent. Ils claquaient tous des talons quand elle était petite. Bormann, Himmler, Goering défilaient chez le Führer. Nulle part ailleurs que dans les bras de sa mère elle ne se sent en lieu sûr, protégée des talons qui claquent.

Le lendemain, pour la noce, c'est une autre histoire. Pendant tout l'après-midi, les camionnettes montent au chalet pleines de fleurs et déchargent des gerbes de roses, des couronnes d'asphodèles et des bouquets d'hortensias, anémones, œillets rouges, lys blancs. Il n'y a même pas assez de vases pour tout, mais Magda rit de bonheur quand même car la gloire est de retour, et le soir, tous les amis, les survivants, les ex-Obergruppenführer, les anciens gardes du Fürher accompagnées de leur dame en robe longue de lamé ou de taffetas, le dernier cuistot d'Adolphe et la nièce d'Eva Braun, défilent au chalet et lèvent leur verre au bonheur du nouveau couple. Bientôt beurrés comme des petits LU, ils entonnent les chants de leur jeunesse nazie, O *Wewelsburg, ich kann dicht nicht vergessen!* Romy se bouche les oreilles, et va se réfugier dans sa chambre tout en haut, mais là, il y aurait Heinrich Glück, l'ex-factotum de Martin Bormann, assis sur le rebord de la fenêtre, chantonnant *Horst-Wessel-Lied,* l'hymne national hitlérien, et comme il n'a rien à faire dans sa chambre, Romy lui crierait de s'en aller et il obtempèrerait, Jah Jah, en basculant à la renverse dans le vide pour aller s'écraser 20 mètres plus bas, la tête la première cognant la rambarde du perron. Mort sur le coup.

Soit que Romy ne croit pas à ce qu'elle voit, soit qu'elle est soulagée, elle ne jette même pas un coup d'œil en bas ; refermerait la fenêtre et irait se coucher. C'est seulement quand les invités de la noce commenceront à quitter le chalet qu'on retrouvera le corps de Glück. Pauv'gars ! Mourir comme ça après 15 ans de prison…

CHAPITRE 8

Au même moment, l'équipe de Sautet débarque sur l'île de Noirmoutier. Toute la population est sur le pont et les commerçants se frottent les mains. Ca va attirer le chaland, autant de vedettes sur place. Montand, Romy, Sami, quelle affiche ! Va y avoir du passage. Des curieux comme s'il en pleuvait. On en débitera, du cidre !

Il ne reste plus une seule chambre disponible à l'Hôtel d'Elbée où logent les trois stars. Ils ont eu droit aux trois suites de l'établissement, avec vue sur mer, tandis que les autres, l'équipe de production, le chef-opérateur et les assistants de réalisation, Isabelle Huppert et Bernard Lecoq, se contenteront des jolies chambres mansardées. Sautet de son côté a loué une maison pas loin, sur le port. Il n'aime pas les hôtels. Toujours casanier, comme à Cogolin quand on était voisins. S'il pouvait, il réaliserait ce film sans sortir de sa chambre…

Il aurait mieux valu que Romy arrive en même temps que tout le monde. Ça lui aurait évité de commettre un crime. Disons : un crime involontaire. Mais d'un autre côté, Glück aurait pu quitter la chambre de Romy en passant par la porte. Pas par la fenêtre. Elle n'est pour rien dans le suicide du bonhomme.

En tous cas, en la voyant enfin à Noirmoutier, Sautet serait vraiment soulagé. Il n'est jamais tranquille, le réalisateur. Toujours en proie au doute, peur du coup dur et de l'imprévu. Là au moins, il a tous ses acteurs sous la main. Mais chez lui un clou d'angoisse chasse l'autre et, devant les caméras de FR3 Bretagne, son interview est à chier. Il n'arrive pas à cacher son anxiété naturelle et il cherche ses mots. Ni brillant ni drôle, pas télégénique pour deux ronds, il s'embrouille. Eclairé et filmé en plus avec les pieds.

La première journée de tournage au large, a buriné le visage de Montand et celui de Sami. On dirait déjà des vieux loups de mer. Romy trouve que Sami est vraiment beau et que Montand a de la gueule. Elle devrait raconter à Sami comment elle a poussé Heinrich Gluck dans le vide juste en lui criant dessus. Ca lui donnerait une nouvelle dimension ; une héroïque aura. Le problème, c'est qu'elle a occulté ce cri ; viré de sa mémoire comme un malpropre. Fraulein Schneider ne se souvient plus de lui avoir crié : «dehors !». Elle n'a retenu que le mouvement de bascule du bonhomme dans le vide. Mais l'enquête se poursuit, là-bas. La police allemande n'est pas certaine qu'il s'agisse d'un suicide. Et si c'est un suicide, on se demande d'où Gluck a bien pu tomber…

CHAPITRE 9

La première scène entre Romy et Sami, est une scène de nuit, mais pas une scène d'amour. Assis tous deux sur un banc, ils ne sont pas seuls pour autant. Derrière eux, on voit l'intérieur de la maison avec toute la smala autour de la table. Cette intimité relative convient à Sautet et à Sami. On sait que ce réalisateur fuit les scènes d'amour comme la peste, quitte à asexuer le tête-à-tête d'un homme et une femme. Il ne veut filmer que de la sociologie, dirait-on. De la sociologie poétique, mais de la sociologie quand même. Les bandes, les clans, les classes sociales. Il le fait mieux que personne, cela dit. C'est un orfèvre de ces scènes-là, les portraits de groupe, avec un goût du détail étourdissant.

Comme la moindre minute de cinéma prend des heures de mise en place, c'est souvent entre deux prises que les acteurs font connaissance. Romy et Sami bavardent donc sur le banc pendant que les techniciens s'affairent, et Romy prononce encore une dizaine de fois Sâmy au lieu de Sami. Ca écorche toujours autant les oreilles de son partenaire; ça convoque à chaque fois le souvenir de sa mère, penchée à la fenêtre. Si seulement elle pouvait éviter de l'appeler par son vrai prénom avec cet accent…

Du coup, quand on est enfin prêt à tourner, Sami a la tête ailleurs. Son texte tient en deux mots, et il ne se souvient plus de ces deux mots ! Il doit juste dire : alors quoi? Mais il dit : ben alors ? Et Sautet crie: coupez!

Á la troisième prise, Romy le prend par le bras et l'entraîne à l'écart sous le hangar à bateaux de la maison. Mais elle rentre peut-être trop vite dans le vif du sujet :

- Qu'est-ce qui se passe, Sâmy ? Tu ne veux pas jouer avec moi?
- Mais qu'est-ce que tu racontes ? réplique-t il mi-moqueur mi-quelque chose d'autre. Un peu méprisant, disons.
- Ne me méprise pas s'il te plaît…
- Je ne te méprise pas.
- Si, tu me méprises. Je connais ça ! Alors arrête.
- Et toi, arrête de m'appeler Sâmy ! C'est tout.

- C'est ton nom, oui ou non ?
- Mon nom c'est Sami. Pas Sâmy (et là, il la singe).

Ils reviennent s'asseoir sur le banc de mauvaise humeur l'un et l'autre, Romy effarée par ce qu'elle vient d'entendre et Sami désolé de lui avoir balancé ça aussi crument. Il se veut gentleman en toute circonstance, même avec une Boche, mais là il fallait que ça sorte. Le chef-opérateur Boffety leur remet sous le nez son cadran pour voir si la lumière n'a pas changé, tandis qu'assis sur sa chaise pliante, Sautet se demande ce qui a cloché entre eux dès la première scène de tête à tête. Déjà à la Rotonde ils n'avaient pas échangé un mot pendant tout le repas. Ça ne lui avait pas échappé, Sautet…

Miracle, cette fois : il dit moteur, et Sami balance sa réplique correctement: « alors quoi? ». Romy balance la sienne: « Il veut que je le prenne en pitié ; que j'ai de la peine » dit-elle au sujet de César. Cette fois, en vingt secondes c'est dans la boite. Après quoi, on remballe.

L'embrouille poursuit quand même les deux partenaires, alors qu'ils sont rentrés à l'hôtel. Romy le cœur gros se demande ce qu'elle y peut, à son accent. Cela dit, pourquoi n'a-t-elle aucun accent d'autres fois? Elle peut employer des conditionnels très compliqués en français, des phrases pleines de u sans qu'on n'entende la moindre intonation germanique. Mais ce n'est pas naturel pour autant. Il faut toujours qu'elle efface, et qu'elle corrige à la dernière seconde; qu'elle biffe et bosse comme une folle là-dessus. Aimerait tellement être Française jusqu'au bout de la langue. Et puis merde ! Elle est Allemande, même dans le film. Pourquoi exiger d'elle qu'elle prononce Sami et pas Sâmy ? David et pas Dâvid? Est-ce si grave ?

Sami de son côté, se dit qu'il ne pourra pas tenir tout le tournage avec ce sentiment-là en lui. Ce mélange de révolte et de mépris. Cette douleur surtout. Il croyait dur comme fer avoir remisé tous ces mauvais souvenirs dans la boîte à cauchemars, et ça revient comme un boomrang au contact d'une actrice allemande, sur une île d'où on ne peut même pas s'échapper. Il suffit que Romy l'appelle Sâmy pour qu'il perde son self-control. N'aurait pas dû accepter le film, voilà tout. Il tire la couverture sur sa tête et s'endort. N'a même pas pensé appeler Delphine ce jour-là.

Romy par contre, appellerait Beaume. Elle a besoin de parler et il n'y a qu'avec lui qu'elle se laisse totalement aller. Comme il comprend bien l'allemand, Monsieur Beaume, elle glisse ça et là des expressions germaniques qui lui réchauffent le coeur.

- Qu'est-ce que je peux faire, Georges ? se plaint-elle. J'ai tant de peine… *Ich tue schon so viel und so viel!*
- Ca va aller Romy. Je connais Sami, et tu verras : demain il sera à nouveau délicieux.
- Mais Georges, je suis pas idiote ! J'ai bien vu qu'il a quitté le déjeuner à la Rotonde, et là, il me reproche mon accent quand je dis son nom…
- Je vais lui parler, Romy.
- Oui, s'il te plait…

Mais il est tard, et Monsieur Beaume ne veut pas déranger son artiste. Il se promet d'appeler Sami le lendemain de bonne heure. Car il sait que le lendemain, la journée de tournage commence tôt par une scène où ils sont à nouveau tous les deux, rien que tous les deux, et il ne faudrait pas que ça grince encore. En plus, cette fois c'est une vraie scène d'intimité, nus dans un lit, encore plus délicate à jouer qu'une scène de dialogue surtout pour des acteurs qui se font la gueule. Il faut vraiment arranger la situation. Mais lorsque Beaume appelle l'hôtel, Sami a déjà rejoint le tournage. *Sheizen* ! s'exclamerait-il en allemand au lieu de dire merde comme tout le monde.

Par commodité, Sautet a situé l'action de cette scène après l'étreinte, quand les amants tirent ensemble sur la même cigarette dans les films de cette époque. En général ils parlent d'amour ou bien ils philosophent. Là, Rosalie explique à David que la maison de Noirmoutier, c'est la maison du deuxième mari de sa mère, et elle précise en aspirant une bouffée de Pal Mall Long Size, qu'elle était amoureuse de cet homme quand elle avait 12 ans.

Plus que jamais, la fuite en avant de Sautet face à l'intime, saute aux yeux. Mettre David et Rosalie dans le même lit le lendemain de leur dispute, pour évoquer ce bonhomme, quel sens ça a ? L'ordre de tournage des scènes, c'est le plan de travail de Sussfeld qui le dicte. Mais le contenu de la scène ? Ne pourrait-il pas être un peu plus comment dire ? Profond, par exemple. Les concerner davantage en tous cas?

Sami ne s'est pas excusé en arrivant sur le plateau après le petit esclandre de la veille, et

Romy lui a dit bonjour du bout des lèvres. Ca ne peut pas s'être passé autrement. Mais ils ont encore leur dispute en tête l'un et l'autre au moment de jouer cette scène. Ils sont en froid mais seul Sami sait pourquoi il a pété un plomb la veille ; la vraie raison, inavouable encore. L'insignifiance de la scène qu'ils doivent jouer maintenant, n'en devient que plus flagrante.

Première prise moyenne. Sami regarde Romy dans les yeux comme le lui a demandé Sautet avant de dire moteur, mais c'est un regard vide. On dirait qu'il s'en fout de ce qu'elle lui raconte. Pour la deuxième prise, Sautet demande à Sami d'ajouter un peu de tendresse dans son regard : « il faut que ça t'intéresse, quand même ; que ça t'attendrisse, tu vois ? » croirait-il utile de lui expliquer.

Pour ne pas faire d'histoire, Sami dit OK et la deuxième prise serait nettement meilleure. Il a moins l'air de s'en foutre. Il accorde même un sourire à Romy pendant qu'elle raconte son histoire à dormir debout, et ça, ce sourire attendri, c'est son apport personnel à la qualité de la scène. Sautet est ravi de ce sourire. Mais, amoureuse du deuxième mari de sa mère à 12 ans, quelle incidence ça a sur la femme qu'elle est devenue ? se demande

Sami. Qu'est-ce que ça dit de Rosalie ? C'est ce qu'on aimerait savoir.

S'il fait une histoire à chaque scène, Sami va gagner une réputation d'emmerdeur, or il doit partager la vie de toute l'équipe pendant un mois, et co-exister avec une Allemande pendant autant de temps. Il connaît bien certains techniciens. Il tient à leur estime. Alors, dès la fin de la scène, il remet son blouson en cuir, salue tout le monde puis il file au Café du Port boire une bière. Isabelle Huppert arrivée la veille sur l'île, sirote une grenadine au bar en lisant *Par delà le bien et le mal*, qu'elle n'a pas eu le temps de lire en classe terminale. Nietzche, philosophe allemand note Sami. Elle se présente :

- Je joue Maïté...
- Ah bien ! dirait Sami tout sourire.
- C'est mon premier film, ajoute la jeune comédienne qui a décroché son bac l'année d'avant.

- Alors on tourne ensemble cet après-midi, dirait Sami amical et protecteur.
- Oui oui ! ferait Isabelle, en gloussant, très intimidée par l'acteur. Il est si beau…

Antoine, le patron du café accourt, la main tendue bien qu'encore un peu humide. Il sait que dans les années 60, Sami sortait avec Brigitte Bardot. Ça pose son homme :

- Bienvenue au Café du Port, Monsieur Sami. Qu'est-ce que je vous offre ?

- Un demi, s'il vous plaît.

Le téléphone sonne à ce moment-là sur le bar. Antoine décroche :

- Je vous le passe…

Monsieur Beaume cherche à joindre son acteur depuis ce matin, pour lui parler du petit souci avec sa partenaire. Il a d'abord appelé à l'Hôtel d'Elbée, mais Sami était déjà sorti, lui a-t-on appris, puis il a contacté le directeur de production qui lui a suggéré d'appeler au Café du Port.

- Rien de grave au moins ? s'inquièterait Sami.
- Non non, trois fois rien, prétendrait Beaume. Je voulais savoir si tout se passe bien…
- Pas de problème, répond Sami.
- Vous avez beau temps ?
- Un peu brumeux mais j'aime bien…

- Tant mieux tant mieux, répliquerait d'abord Beaume. Et, comment dire, avec Montand ? Ca se passe bien ? C'est facile ?
- Oui oui, on s'est bien amusés le premier jour sur le bateau de pêche… Mais il a failli tomber à l'eau en remontant le casier !
- Ah ah ah ! s'esclaffe Beaume. Et avec Romy ?
- Ca va, prétend encore Sami.
- … Tant mieux tant mieux, fait d'abord l'agent un peu surpris. Parce que, ajoute-t-il à contretemps, je l'ai eue au bout du fil tout à l'heure, enfin hier soir tard, et j'ai cru comprendre que…
- C'est rien, Georges, le coupe Sami plus sec que de coutume.
- Mais pour son accent, commence à dire Beaume en cherchant ses mots, elle… comment dire ? il ne faut pas lui en vouloir quoi. Elle est née Allemande, hein Sami…
- Oui, je suis désolé. Je me suis un peu voilà quoi emporté. Mais c'est passé.
- Tant mieux tant mieux, Sami. Je suis sûr que vous allez vous entendre à merveille, agence encore l'agent.
- Oui pas de problème, le rassure-t-il.

Discrète mais aux aguets, la môme Huppert n'en a pas perdu une miette. Le nez soi-disant dans Nietzche, elle a bien noté qu'il y a de l'eau dans le gaz entre les deux vedettes, et elle fourre ce petit secret de Polichinelle dans son sac à malices. Car ce n'est pas vraiment un secret. Toute l'équipe a vu que quelque chose clochait entre les deux acteurs…

Jean-Claude Sussfeld pousserait alors la porte du café pour avertir Sami Frey d'un changement de programme, dû à la météo :

- Il va flotter, donc on tourne en intérieur cet aprèm. Tu peux être là à 3h ?
- Bien sûr, répond Sami. Dans la maison ?
- Oui oui, dans la maison, confirme Sussfeld. Toi aussi Isa, à 15h prête à tourner, s'il te plaît.
- Entendu, répond Isabelle.
- Tu bois quelque chose, Jean-Claude ? propose Sami à Sussfeld.
- Non non merci Sam, j'ai vraiment pas le temps…
- Alors santé ! lance Sami à Antoine en levant son verre de bière et ils trinquent, tandis que

Sussfeld repasse la porte en vitesse pour aller avertir Montand et les autres du changement de programme.

CHAPITRE 10

Les jours suivants, on enchaîne les scènes de groupe dans la maison aux volets bleus puisqu'il pleut presque tout le temps. Dîners, goûters, parties de carte, allées et venues, chamailleries et messes basses. Sautet y excelle. Au montage il rajoute des sons qui sonnent plus vrais que vrai, des voix off, des grincements et des portes qui claquent. C'est toujours magnifique à regarder et à entendre. La direction d'acteurs y est irréprochable, aussi méticuleuse qu'une partition de symphonie, contrairement à certaines scènes intimistes où elle très approximative. Par exemple, il n'a pas osé dire à Romy qu'elle souriait trop souvent pour rien. Au montage, il sucrera la moitié de ses sourires mais il en restera encore trop. Comment ne s'en rend-il pas compte sur le plateau ?

Bref, après trois ou quatre jours de scènes de groupe très réussies, il y a une autre scène encore où David et Rosalie se retrouvent en tête à tête, d'abord sur la plage devant témoins, les gosses et Maïté, puis à l'intérieur de la maison. Á ce moment-là du film, César a réussi à trainer de force David à Noirmoutier. Il a été le chercher à Paris, et a fait un numéro d'acteurs extraordinaire pour lui expliquer qu'il préfère encore le voir avec eux à la maison plutôt que le deviner omniprésent dans les pensées de Rosalie : « moi, en imagination, je suis battu ! », lui avoue-t-il dans cette scène, péquenaud à souhait, chapeau, cigare, col de chemise en pelle à tarte, un peu pitoyable. Il l'a supplié de venir, l'a menacé, ils se sont même battus, et finalement David a dit oui. Dans le film tous les trois disent tour à tour oui puis non, non puis oui. Rosalie et César changent d'avis tout le temps eux aussi. On dirait qu'ils n'ont pas vraiment de conviction. Ça a parfois l'air incohérent, mais ça a son charme aussi.

David n'a donc pas eu le temps de préparer son départ. Il a accepté de suivre César à Noirmoutier sur un coup de tête, passant du non au oui en un claquement de doigts, juste après un verre de cognac avalé cul sec au bistrot d'en bas, mais il arrive sur l'île comme il est, avec sa veste de velours et sa chemise bleue de Parisien sur le dos, plus une petite coupure au front suite au bref bourre-pif avec César. Rosalie lui dit :

- Et ta valise ?

- J'en ai pas, reconnaît David dans la version publique du film.

Il pourrait avoir pris sa brosse à dents au moins. Mais non. Il est parti comme on laisse tout derrière soi quand on est poursuivi par un tueur, une femme jalouse ou… la Gestapo. Il est parti sans rien, et c'était déjà la même chose lorsqu'il s'était enfui du petit appartement de ses parents à Belleville, après que les Allemands aient emmené sa mère. Et Romy l'Allemande, lui demande où est sa valise !...

Alors que les trois jours précédents ont pacifié la relation entre les deux acteurs, cette scène ranime à nouveau l'inavouable conflit de Sami avec Romy. Ils ont pourtant dîné ensemble la veille au restau de la Plage des Dames avec Montand, et ils ont bien rigolé. Montand leur a raconté entre autres son voyage à Moscou, quelques années auparavant : « Comment vont les fascistes de Paris? » lui aurait demandé Brejnev, le grand boss de la Russie communiste en ce temps-là, parlant des dirigeants français. Même Aragon a eu honte d'être au Parti quand il a entendu ça. Et pourtant, il en faut beaucoup pour faire honte au grand poète.

Montand cherche toujours à séduire sa partenaire avec ses gri-gris de vieux beau et son œil de velours, mais Romy le regarde toujours plus amusée que séduite. Il raconte tellement de bobards ! Avec lui, on ne sait jamais si c'est du lard ou du cochon. Comme quand il a prétendu qu'il y avait du mou dans la relation Sami-Delphine. Et c'était faux !

Par contre elle ne pense qu'à gagner l'indulgence de Sami. Elle sait qu'il est amoureux de Delphine Seyrig, mais vraiment amoureux-fou, et elle ne fonde aucun espoir d'être un jour sa chérie. Mais son indulgence, son amitié même, elle veut y arriver. Enfin, disons qu'elle l'espère. Sauf qu'il ne lui accorde jamais un regard en dehors des scènes du film ; sauf qu'il fait le strict minimum.

Comment se douterait-elle que sa question anodine dans le scénario – et ta valise ? – se planterait en lui comme un poignard ? Lui-même ne sait pas pourquoi il se cabre au moment où elle lui pose la question. Mais il se cabre. Il oublie à nouveau sa réplique, et Sautet commence à se demander d'où lui viennent ses trous de mémoire. A-t-il seulement lu le scénario ? On peut en douter, quand on le voit buter sur des dialogues aussi simples. C'est quand même pas la tirade de Shylock , hein ! marmonnerait-il in peto.

- On la refait ! dit Sautet en se contenant du mieux qu'il peut.
- Une seconde ! fait la maquilleuse en se précipitant sur Sami car il se serait mis tout à coup à transpirer, à dégouliner même. Elle le sèche avec un kleenex et le repoudre, mais il se remet à transpirer abondamment à peine séché.
- Quand vous voulez ! glapit Sussfeld, relayant Sautet, pour presser la maquilleuse, et la pauvre fille ne sait quoi faire pour arrêter la transpiration de Sami.
- Magasin ! lance alors le caméraman, qui se rend compte qu'il doit recharger de la pellicule.

Son assistant aurait dû s'en rendre compte lui-même, c'est même son boulot, mais ce jour-là il est malade comme un chien et alité. Quand tout se goupille mal, il vaut mieux en rire. Qu'est-ce qu'on va avoir d'autre comme merde d'ici la fin de la journée ? se demande Sussfeld. C'est une question existentielle propre aux assistants-réalisateurs. Personne d'autre qu'eux ne se la pose sur le tournage d'un film, mais l'assistant du réalisateur devant tout prévoir il peut juste espérer que le ciel ne leur tombera pas quand même sur la tête.

Sami en profite pour s'éloigner un peu du plateau, histoire de retrouver de la concentration. Dans le brouillard du souvenir, il discerne quand même des zones d'éclaircies. Se souvient ainsi du moment où il sort du panier à linge au bout de plusieurs heures. La maison est vide. Il fait nuit sur Belleville, c'est la guerre, et sa maman a disparu. Il est seul au monde. Á cinq ans, il n'a plus ni père ni mère. Mais comment fait-il ensuite pour se rendre chez son oncle, rue Ramponneau ? Probablement qu'il s'endort le ventre creux et attend que le jour se lève. Mais il arrive chez son oncle comme il arrive à Noirmoutier, sans rien d'autre que sa casquette et ses vêtements de la veille. Ou alors en bravant le couvre-feu et les patrouilles allemandes, il irait chez sa tante en rasant les murs. « Nicht valise ? « a dû lui demander sa tante, en franco-yiddish.

Ensuite c'est un peu plus flou. Sami se souvient qu'il portait encore les mêmes habits le lendemain quand son oncle l'a emmené au garage d'un certain Charlie à Aubervilliers. Là, ils l'ont fait monter à l'arrière d'un camion, qui transportait des meubles vers la province.

Était-il caché dans une armoire ou un buffet ? Avait-il une valise ou pas ? En tous cas, il était resté recroquevillé dans le meuble pendant tout le trajet. Heureusement qu'il pleuvait, car les Allemands n'étaient pas sortis de leur guerite au contrôle de Chartres.

- Moteur ! ordonne Sautet. Puis : « action ! ».
- Et ta valise ? demande Rosalie.
- J'en ai pas, répond David au bout de la troisième prise et Rosalie lui sourit, parce que dans le cadre du film c'est tellement charmant! Un homme qui part les mains dans les poches retrouver celle qu'il aime. Mais quelle réminiscence pénible pour l'enfant qu'il a été !

Après cette scène, il file encore au Café du Port boire un coup. Montand en ciré jaune serait assis dans un coin, lisant Le Figaro. Il n'a jamais ouvert ce journal, le futur Papet. Mais *L'Huma* n'étant pas arrivée ce jour-là sur l'île, « beh j'ai pris *Le Figaro* mais c'est pas mal comme canard hé », lance-t-il à Sami qui vient lui tenir compagnie.

- C'est à toi ce ciré ? lui demande Sami rigolard.

- Mais non, je m'habitue au costume pour la scène de ce tantôt. Je m'imprègne…
- Je vous sers quoi Monsieur Sami ? fait Antoine depuis le bar.
- Un demi, s'il vous plait.
- Je mangerais bien une moule-frites ! dit tout à coup Montand en repliant son journal.
- Bonne idée ! réplique Sami. Deux moules-frites, Antoine!

CHAPITRE 11

Cet après-midi-là ils tournent deux scènes, l'une où David et César en ciré jaune descendent le petit escalier de la maison sous le regard de Romy, l'autre sur la plage avec les enfants, pour une partie de volley-ball.

Romy est présente dans la première mais pas dans la deuxième. Tout se passe bien, sauf qu'il y a un petit moment de panique sur le plateau car la scripte se serait rendue compte que David étant arrivé sans vêtement de rechange à Noirmoutier, devrait donc toujours porter le même costume si l'on veut être logique. Sa fameuse veste en velours et sa chemise bleue. Or, la costumière lui a prévu d'autres vêtements dans cette scène, ce qui crée une incohérence dans l'histoire. On en discute pendant un quart d'heure interminable, mais la costumière défend son point de vue pied à pied : " dans une maison de vacances comme celle-ci, il y a toujours des vêtements de rechange pour tout le monde ! Comme dans ma propre maison de famille. C'est la tradition ! " dit-elle, et Sautet impressionné par l'argument sociologique, finit par trancher : " Oui oui, elle a raison Jeanine ". Il réfléchit un instant et ajoute quand même : « Ou alors le public imaginera qu'entretemps il a été s'acheter un jean et une marinière dans une boutique de l'île»…

Donc on tourne la scène en l'état, et c'est en boîte dès la première prise, Sautet le note. Quand il ne s'agit pas d'une scène intimiste entre David et Rosalie seuls à seuls, ça roule. Aucune difficulté. Sami connaît son texte et le joue à merveille, avec sa voix suave et un peu sourde d'hidalgo. Mais Sautet a bien cru qu'il était secrètement alcoolique ou un truc comme ça les jours précédents, quand il s'emmêlait les pinceaux dans ses répliques. Chez les acteurs c'est fréquent, l'alcoolisme. Bref, c'est une bonne journée de tournage et Jean-Claude Sussfeld remercie le grand architecte de l'univers de l'avoir épargné.

Mais ce soir-là dans sa suite, alors que Sami allongé sur son lit est au téléphone avec Delphine, on frappe. Minuit sonne. Sami va ouvrir, en tirant sur le fil, et trouve Romy Schneider dans l'encadrure de la porte, en pyjama de soie jaune d'or. Surpris, il la fait entrer gentiment, l'invite à s'asseoir sur le sofa d'un geste de la main, tout en continuant sa conversation avec Delphine comme si de rien n'était jusqu'à la fin, petits mots tendres inclus. Pendant dix minutes Romy poireaute tête basse, assise sur le sofa. Jamais on ne la traite avec cette désinvolture. En général, dès qu'elle entre dans une pièce, dès qu'elle apparaît quelque part, les gens cessent toute activité pour l'admirer, la servir, lui offrir leur âme.

Sami raccroche enfin et vient près d'elle en s'excusant, toujours gentleman. Delphine a-t-elle entendu frapper ? En tous cas, elle n'a pas posé de question. Ça n'en est pas moins gênant pour Sami.

- C'était ma femme, précise-t-il.

- Oui oui Delphine, bien sûr…
- Je crois qu'il y a de la bière dans le frigo, dit Sami. Tu en veux une?
- Non, juste un verre d'eau s'il te plaît Sâmi… Zut je l'ai encore dit ! se reproche-t-elle aussitôt. "Sâmi", le mot proscrit. Mais

Sami a le bon goût de faire la sourde oreille. Il lui sert un verre de Perrier et se rassied près d'elle ; pas trop près non plus car le sofa est large :
- Quel bon vent t'amène si tard, ma chère Romy ? lui demande-t-il souriant.

- Eh ben, voilà Sâmi… Je vois bien que quelque chose ne va pas entre toi et moi, et j'aimerais que ça aille mieux…
- … Crois moi, j'en suis désolé.
- Pourquoi tu ne m'aimes pas ? lui demande-t-elle soudain. Parce que je suis Allemande ?

Un peu crue comme question. Elle veut toujours filer droit au but, c'est dans sa nature, tandis que Sami préfèrerait y aller en musardant. Il la regarde avec beaucoup d'indulgence, de douceur même, mais ne trouve pas de mot pour la consoler. Il essaie alors un truc un peu généraliste, pas personnel, surtout pas personnel pour ne pas la blesser davantage :

- Tu sais Romy, ces choses-là nous dépassent… Il y a eu la guerre. Donc voilà quoi…
- Je sais que tu es Juif, Sâmi.
- Ah oui ? fait-il, faussement détaché.
- Et je sais qu'un Juif ne peut pas regarder une Allemande comme une autre femme ; comme une autre personne même. Mais je fais tellement…. d'efforts ! Pourquoi je dois payer si cher ?...

Elle plaque soudain ses deux mains sur son visage en disant ça, un bref sanglot lui échappe, et Sami se sent pris au dépourvu. Avec une femme qui pleure, on ne sait pas trop comment il faut s'y prendre. Enfin si. Suffit de l'entourer de ses bras et la consolation agit aussitôt. Mais là, Romy sanglote une seconde à peine, juste un sanglot vite étouffé, et ne lui laisse pas le temps de réagir. Très vite elle tourne la tête vers lui, et le regarde dans les yeux, car elle sait que le bleu de ses yeux peut aussi glacer n'importe quel sang. Avec Sami Frey, il vaut pourtant mieux ne pas abuser de ce bleu qui lui rappelle les yeux bleus d'un SS quand il était petit, dans sa cachette en Eure et Loir. Les yeux bleus n'ont aucun charme, pour lui. Ce sont les yeux de l'épouvante, pas de l'amour. Romy le sent. Alors, elle baisse encore la tête et dit piteusement :

- Moi j'aime les Juifs, Sâmi… Je ne suis plus Allemande. J'aime les Juifs.

Il se râcle la gorge, très embarrassé Se renier comme ça, quand même, on n'est pas obligé. Les Juifs n'ont pas renoncé à être Juifs, eux, malgré l'Holocauste. Ils auraient pu. En tous cas les survivants. Mais dans l'ensemble ils sont restés Juifs, tout en se demandant quel

Dieu pourrait tolérer qu'on traite aussi mal son peuple soi-disant élu.

- J'ai quitté l'Allemagne depuis dix ans, tu le sais ?
- Oui bien sûr, répond Sami pour ne pas envenimer les choses.

- Je n'y suis retournée que la semaine dernière, comme tu sais… pour le mariage de maman.
- On m'a dit ça, oui…

Elle est sur le point de lui dire qu'elle a poussé un ancien nazi à se jeter par la fenêtre juste en lui criant dessus. Sami serait sûrement impressionné et la prendrait peut-être dans ses bras. En tous cas la distance entre eux serait peut-être abolie. Mais elle n'en dit rien, car elle veut oublier ce mariage et la réapparition cauchemardesque de tous ces nazis chez sa mère.

Sami trouve quand même très courageux qu'elle soit venue frapper à sa porte. D'ordinaire, quand une femme rejoint un homme dans sa chambre à cette heure-là ce n'est pas pour se mortifier. À la place de Sami, n'importe quel homme, n'importe quel mâle plutôt, l'aurait déjà poussée dans son lit.

Surtout une merveille de femme comme Romy. Mais Sami ressent plutôt de l'embarras. Cette situation crée une fausse intimité ; une ambiguïté qui n'a pas lieu d'être. Alors il se lève, pour qu'elle en fasse autant et qu'elle retourne dans sa chambre, mais Romy reste assise.

- Laissons faire le temps, lui propose-t-il, en espérant mettre fin à cette visite.
- Assied-toi, s'il te plaît Sâmi, lui répond-elle et machinalement il se rassied.

Elle cherche alors en elle la force de lui avouer qu'elle a grandi parmi les dignitaires nazis, et qu'elle a même sauté sur les genoux du Führer, mais ça ne sort pas de sa bouche. Elle parvient juste à lui demander où il était pendant la guerre :

- Pourquoi cette question, Romy ?
- J'ai besoin de savoir, Sâmi…
- Je n'étais qu'un enfant, tu sais…
- Justement
- Eh ben à Paris, répond-il finalement car c'est en partie vrai.
- Tu portais l'Étoile Jaune, alors…
- Non…

- Non ?
- Non, répète-t-il pour couper court aux questions de sa partenaire, et ne lui laisser aucune possibilité d'enchérir ; la coincer, comme le loup dans ce vers de Vigny qu'il aime tant: « Sa retraite coupée et tous ses chemins pris ».

Pour ne pas tomber dans le pathos, il banalise la tragédie, y compris son drame personnel.

- Je croyais que tous les Juifs la portaient, insiste quand même Romy, sentant bien qu'il ne dit pas la vérité et ça la met à la torture.
- Non, pas tous , répond-il crânement.

Rien n'est tout à fait faux, et rien n'est tout à fait vrai non plus. Il y a eu des Juifs sans étoile et des Juifs avec. Certains l'ont portée, d'autres pas, voilà ce que Sami essaie de lui faire avaler. Il y a eu la règle et il y a eu l'exception, comme dans toute tragédie collective, des bons et des méchants, des héros et des salauds parmi les Juifs aussi, et Romy ne sait plus quoi dire. Alors elle finit par se lever et abandonner la partie. Elle avait pensé que ce serait plus facile, si elle disait aimer les Juifs et se renier comme Allemande, mais ça ne lui fait pas grand-chose,

Sami. Il regarde ailleurs au lieu de crever l'abcès avec elle.

Elle se jette alors à ses pieds en pleurant pour de bon cette fois et surtout en parlant allemand : « *Ich bin nur ein verdammter Deutsch, verzeih mir, ich flehe dich an, vergib mir Sâmy*», mais il la relève délicatement et la reconduit dehors. Ca tombe mal, car Montand rentre un peu bourré juste à ce moment-là avec la stagiaire du film à son bras et, voyant Romy en larmes devant la porte de Sami, il se fait évidemment des idées…

CHAPITRE 12

Les jours suivants il n'y a plus un seul tête-à-tête entre Sami et Romy dans le plan de travail. Plus aucune scène juste entre eux deux à Noirmoutier. Sautet respire mieux. Sami aussi. Mais il en reste d'autres à Paris et à Sète. On verra bien…

Après deux semaines de tournage, toute l'équipe plie bagage, laissant l'île à son arrière-saison désolée, sans âme qui vive. Mais pendant les deux derniers jours, Romy blessée comme jamais, n'a quitté sa chambre que pour descendre tourner. Le room-service lui a livré ses repas matin midi et soir. Professionnelle irréprochable, elle sait se transcender quand le réalisateur dit moteur; changer de peau sans faire d'histoire au moment M. Jamais on ne la surprendra impréparée, ou la tête ailleurs.

Cela dit, Rosalie est un personnage si versatile dans le film, si changeant d'humeur, et surtout si souvent mécontent de son sort sans qu'on sache pourquoi, qu'elle pourrait aussi bien être de mauvais poil dans toutes les scènes. Ça n'étonnerait pas trop le spectateur. Comme dans cette ultime scène à Noirmoutier, où elle longe la plage au crépuscule, bras-dessus bras-dessous avec Montand à un bras et Sami Frey à l'autre. L'idylle à trois, fantasmée tout au long du film tient dans cette seule scène. Mais prendre Sami par le bras après qu'il l'ait blessée comme il l'a blessée, reste une épreuve. Enfin, une épreuve émotionnellement parlant, mais quelque chose de tactile enfin ! C'est un des rares moments où elle le touche, dans le film et elle aimerait que ça dure des heures. Il parait que Laurel et Hardy se détestaient dans la vie. Jamais à l'écran. Bien sûr, Romy ne déteste pas Sami. Elle est juste blessée jusqu'à l'os.

- Rentrons, dit Rosalie, au bout de quelques pas dans cette séquence.
- Tu as froid ? lui demande David.
- Non je veux juste rentrer…

Versatile Rosalie, encore et toujours…

CHAPITRE 13

Le retour de l'équipe à Paris se fait en ordre dispersé, route de nuit, train ou avion, chacun son moyen de transport et son horaire, mais Sautet a insisté pour que Sami Frey fasse le voyage avec lui en voiture, et Sami a dit d'accord. Les TGV sont encore loin d'être en service en 1971. Ça reste une expédition, un trajet comme ça. Compter huit à dix heures de train pour Pornic-Paris à l'époque. Ensuite, week-end de repos. Ils reprendront le tournage à Sète le mardi suivant.

Sautet et Sami empruntent le bac de sept heures du matin au mouillage du Bois de la Chaise, et retrouvent la 504 diesel du réalisateur sur le parking de l'embarcadère à Pornic. Elle est restée quinze jours à l'arrêt, et ça sent toujours le cigarillo froid à l'intérieur !.. Pendant la traversée ils n'ont pas beaucoup parlé, car Sami a horreur de se lever tôt, et il a somnolé tout du long, col relevé, emmitouflé dans son blouson de cuir. Quelques techniciens du film ont pris aussi le bateau de sept heures avec eux, pas mécontents de revenir sur le continent. La houle gonfle l'eau en montagnes liquides couleur vert de gris, et la maquilleuse a le mal de mer…

Sautet n'aborde la question qui le taraude qu'après avoir parcouru une cinquantaine de kilomètres sur l'autoroute de l'Ouest dans la 504.

- Qu'est-ce qui se passe au juste avec Romy ? Je ne l'ai jamais vue comme ça, je te jure… Et tu sais que c'est mon troisième film avec elle.
- Rien de grave, répond Sami, et Sautet fait aussitôt claquer deux fois sa langue: "allez allez ne me raconte pas d'histoire " . Pas facile de lui tirer les vers du nez, mais le bonhomme insiste car il a besoin de comprendre. La suite de son tournage en dépend. "Pardon d'être franc Sam, mais vous couchez ensemble, parait-il…" ajoute-t-il lourdement, à côté de la plaque. Sami ne le dément même pas, et ne cherche pas non plus à savoir d'où ce bruit de chiottes a fuité. Au contraire. Il en appelle à la complicité traditionnelle des mâles pour détourner son attention:
- Tu connais les femmes, Claude, fait-il simplement en s'enfonçant dans son siège.

Quelles femmes ? Á part la sienne, il n'en connaît aucune, Sautet. Des actrices, oui. Des femmes non.

Mais pour ne pas laisser le réalisateur totalement sur sa faim, au bout de cinq heures de route, Sami finirait par lui dire quelque chose d'un peu bateau ; un truc généraliste, comme à Romy, le soir où elle est venue dans sa chambre : « Entre nous et les Allemands, c'est jamais simple. Tu sais bien ». Sautet ne peut qu'approuver. Mais il ne pense pas la même chose des Allemands. Il croit à la réconciliation franco-allemande prônée par le Général. Gaulliste jusqu'au bout du cigarillo. Son éternel cigarillo, qui empeste encore pendant tout le voyage.

- Mais tu n'es pas Juif, lui répondrait Sami.

- Moi non, mais ma femme est Juive.
- Alors tu dois pouvoir me comprendre…
- Tout ce que je te demande, lui dit Sautet d'un ton suppliant, c'est de rester concentré sur ton rôle. S'il te plaît, ne me pourris pas l'ambiance du tournage avec ce petit problème…
- Tu n'y as pas pensé avant ?
- Á quoi ?
- Mettre un rescapé de l'Holocauste et une Allemande dans le même film…

- Jamais. Pas une fois !
- Allons !...
- Parole, Sam. Je ne savais même pas que tu étais Juif…
- Je te promets de faire un effort, répond Sami en descendant de voiture Place des Vosges.

Rescapé de l'Holocauste ? se dirait ensuite Sautet songeur. De quoi parle-t-il ?..

CHAPITRE 14

L'hypothèse selon laquelle Sautet aurait su que Sami était un survivant de la Shoah, ne tiendrait plus si ce dialogue a bien eu lieu entre eux dans la 504 diesel. Mais a-t-il eu vraiment lieu ?

Finalement, peut-être que Sautet ne savait pas grand-chose. Ou bien que c'était confus dans son esprit ; inconscient peut-être ; mal dégrossi sûrement. D'ailleurs les survivants n'en parlaient pas non plus, en ce temps-là. Il faudra d'abord que *Shoah* sorte, quelques années après, et se répande comme une traînée de poudre sur les écrans pour que ça leur revienne.

S'ensuivent les retrouvailles idylliques de Sami et Delphine, soit quarante huit heures au lit sans se lâcher le museau, sans répondre au téléphone, sans même lire le courrier monstre que l'acteur a reçu pendant son absence. Monsieur Beaume a appelé, sûrement d'autres gens aussi, mais les amants de la Place des Vosges ne seraient là pour personne. Il y aurait quand même un moment où Delphine reviendrait sur le sujet qui la tracasse depuis son coup de téléphone, le soir où Romy à frappé à la porte de Sami :

- C'était Romy ? lui demande-t-elle.
- Oui, c'était elle, commence-t-il par dire et Delphine tremble d'apprendre qu'il lui a été infidèle.

Mais Sami ajoute aussitôt : " elle voulait quelque chose que je ne pouvais pas lui donner ".

- Quoi au juste ? fait Delphine en prenant une Pall Mall sur la table de nuit, avec cette grâce qui naît comme par miracle à chacun de ses gestes.
- Ce que je t'aime ! lui chuchote Sami à l'oreille à ce moment-là, ému par la beauté de son bras nu, tendu au-dessus de la table de nuit…
- Dis moi ce qu'elle voulait…
- Eh ben je sais pas, répond finalement Sami. Tout bien réfléchi, je ne sais pas où elle voulait en venir. Elle est venue me dire : ça va pas entre nous, mais ne sois pas dur avec moi, je suis Allemande d'accord, bla bla bla…
- C'est tout ?

- Elle sanglotait hein… C'était pas une conversation mondaine, lui rappelle Sami.
- Et tu lui as dit que ta mère…
- Non non, sûrement pas ! Je vais pas rentrer là-dedans avec une Allemande.
- Et ça s'est fini comment ?
- Ben je l'ai mise gentiment dehors quoi…
- Mais tu me disais tous les jours que ça se passait bien, au téléphone…
- Je voulais pas t'inquiéter. Et puis y avait des moments vraiment sympas avec Montand et l'équipe.

Ils ne quitteraient leur nid d'amour que le dimanche soir en moto Guzzi, pour aller dîner tout en haut de la rue Mouffetard, au coin de la Contrescarpe, chez Michaud, où Hemingway jeune homme, dépensait l'argent qu'il avait gagné aux courses quand il vivait à Paris. Sami et Delphine meurent de faim car pendant tout ce week-end au lit ils ne se sont nourris que de biscottes et de café. Là, ils vont se régaler avec le ris de veau de la mère Michaud.

- Tu sais, Sam… Enfin, bon il y a l'Holocauste, c'est indépassable mais… je commence à me dire que Romy quand même a du mérite parce que tu vois, elle est très engagée dans la lutte des femmes, et pour le droit à l'avortement…

- Et donc ?..
- Ça pourrait nuire à sa popularité, tu ne crois pas ? Elle pourrait hésiter à s'engager, du coup. Mais elle n'hésite pas.
- Je comprends, répondrait Sami.
- Elle a quand même signé le « Manifeste des 343 salopes », on peut pas le nier…
- Non, bien sûr…

Ensuite ils parlent d'autre chose, parce que Sami n'enchérit pas. Il fait plutôt le dos rond, c'est tout.

CHAPITRE 15

Par contre, dans la scène unique que Sautet tourne sur la plage de Sète, le surlendemain, la même amnésie le reprend qu'à Noirmoutier dans les tête-à-tête avec Romy, et il écorche à nouveau ses répliques.

Dans cette scène, ils piqueniquent sur le sable en maillot de bain, un peu trop raides sans doute l'un et l'autre pour une telle situation, mais ça, c'est ce qu'on voit dans le film achevé. Dans la première prise, la mise en scène est très différente. Ils sont allongés sur un drap de bain l'un contre l'autre, comme de vrais amoureux se chuchotant des mots tendres à l'oreille et, si Sami oublie à nouveau son texte, c'est parce que Romy porte maintenant une étoile de David autour du cou. Un symbole juif! La portait-elle déjà à Noirmoutier? Il l'aurait quand même noté. Mais peut-être que ça lui avait échappé, et il répugne à la questionner. N'a-t-elle pas plutôt mis cette étoile pour lui prouver quelque chose? Ou le provoquer ? On sait à quel point ça lui pèse d'appartenir au peuple allemand ; d'avoir grandi parmi les dirigeants nazis en plus, et leurs enfants. Elle aimerait tellement réécrire l'histoire, et avoir été la fille de Marlène Dietrich plutôt que de… Enfin bref !

Voyant que Sami est à nouveau perturbé, Sautet change le dispositif de la scène du tout au tout. Ils ne seront plus allongés l'un contre l'autre mais assis en tailleur à un mètre de distance, et droits comme des I. C'est pour ça que dans cette séquence, la caméra se focalise surtout sur la grosse Citroën de César qui leur a enfin remis la main dessus, et qu'elle achève son mouvement panoramique sur le couple suivant la voiture des yeux. Le suspens est d'ailleurs bien mieux entretenu comme ça, car on se demande même si César ne va pas leur rouler dessus pour finir le film par un crime passionnel. Mais il s'arrête à distance et lance un bonjour sonore, comme si de rien n'était: « Té, j'ai roulé toute la nuit ! » ajoute-t-il de loin, anodin, marseillais, bon bougre. David et Rosalie ne lui répondent pas mais ils l'écoutent gentiment, Rosalie en souriant, comme s'il ne leur avait pas remis la main dessus, et Sami impassible.

La séquence pourtant complexe à réaliser, est en boîte au bout de deux prises. Tout baigne, malgré le geste de Romy jetant à César affamé une cuisse de poulet comme on jette un os à un chien. Pas très joli comme geste, mais on ne refait pas la scène pour autant. Sami lui offre plus délicatement un verre de vin. Et le trio se reforme.

Á Sète, Montand, Romy et Sami logent au Grand Hôtel, avec vue sur le Canal du Midi, et occupent là aussi chacun une suite très agréable.

Mais cette étoile de David sur la poitrine de Romy, d'où sort-elle ?

La question travaille Sami Frey toute la journée. Ce soir-là, vers minuit il descend marcher le long du canal, et revient à l'hôtel à peu près convaincu que Romy Schneider ne sait tout simplement pas ce que veut dire concrètement être Juif ; à plus forte raison un enfant juif pendant la Shoah. Elle fait des efforts, elle paie de sa personne pour être pardonnée mais, porter une étoile de David autour du cou reste une simagrée aux yeux de Sami; une singerie. Involontaire bien sûr. Elle essaie, pauvre Romy, de donner des gages. Elle tente une chose puis une autre. Mais Sami se dit que c'est par ignorance tout simplement qu'elle agit comme ça.

Il faudrait qu'il lui raconte juste un épisode de son enfance, caché sous un faux nom dans ce bled d'Eure et Loir, pour qu'elle percute enfin. Une terreur qui a duré près de huit mois à l'idée d'être découvert ; aller à l'école du village voisin sous un faux nom, quand on a six ans ; redouter la visite médicale, tout nu devant un médecin à l'œil mauvais parce qu'on est circoncis ; espérer tous les jours revoir sa maman un jour et ne jamais la revoir; oublier peu à peu jusqu'à son sourire.

Elle compatirait sûrement, mais ce n'est pas de compassion dont a besoin Sami. Il cherche plutôt un moyen pacifique de lui expliquer que le pardon et le repentir ne sont pas affaire de symbole comme porter cette étoile de David. Il faut juste accepter de porter ta croix, lui dirait-il s'il l'avait en face de lui, sous la magnifique verrière du Grand Hôtel. Mais ta croix au sens figuré…

Justement elle est là, Romy ; surgie d'il ne sait où mais là, comme tombée du ciel, assise tranquillement sur un fauteuil de velours rouge carmin, et seule. Elle, la célébrissime Romy Schneider, Sissi en personne, seule dans le hall de ce bel hôtel sétois. Même pas si elle lit un magazine pour se donner une contenance. Juste seule, comme si elle l'attendait.

Il marque un temps, un peu hésitant, n'en croyant pas ses yeux :

- Tiens, qu'est-ce que tu fais là, Romy ? lui demande-t-il néanmoins sur un ton banal.
- Je t'attendais, répond-elle. Je suis passée te voir dans ta chambre et comme tu n'y étais pas, je me suis dit que tu étais sorti…
- Oui, j'ai été faire un tour…

Sami jette un rapide regard alentour, pour s'assurer que nul ne peut entendre leur conversation, et il voit qu' à part le concierge derrière son comptoir, il n'y a personne d'autre dans le hall. C'est bien normal à une heure du matin hors saison.

- Elle sort d'où, ton étoile de David ? lui demande-t-il sans plus de façon, en s'asseyant face à elle.
- C'est un cadeau de mon amoureux, répond-elle souriante.
- Drôle de cadeau…
- Il est Juif, comme toi.
- Tu devrais arrêter de tout ramener à ça. Juif par ci, Juif par là… C'est bon, quoi !

- Mais toi aussi, tu ramènes tout à ça, rétorque-t-elle. Pourquoi tu ne sais jamais ton texte quand on tourne juste tous les deux ? Parce que je suis Allemande et que tu es Juif?…
- Mais tu ne sais pas ce que c'est, être Juif! répond-il en élevant la voix pour la première fois, et le concierge de l'hôtel lèverait la tête de ses mots fléchés pour les regarder de loin.
- Ne crie, pas s'il te plaît Sâmy…
- Excuse moi…

Une serveuse en jupe noire et chemisier blanc accourt alors avec son plateau: « Apportez-nous une bouteille de Perrier et des verres », lui demande Sami.

- Si tu ne veux pas que je porte mon étoile, je la retire, dit Romy. Ca te va ?

Il trouve finalement le parallèle qu'il cherchait, pour lui expliquer en quoi ça le heurte tant qu'elle porte cette étoile de David:

- Suppose qu'on te demande de jouer une femme de ménage espagnole… Tu ne te teindrais pas les cheveux en noir, au prétexte que les Espagnoles ont souvent les cheveux noirs, d'accord ? Tu intérioriserais ce que tu sais des domestiques en général, ou de la guerre civile en Espagne, ou de Velasquez ou même de Sancho Pança, pour trouver *ta* femme de ménage espagnole; la tienne ; celle qui sommeille en toi, non ? Eh bien, c'est la même chose. Porter cette étoile, c'est comme te teindre les cheveux en noir pour jouer une bonne espagnole…

- J'ai compris. Je la retire…

Elle a un peu de mal à défaire le fermoir, mais Sami ne l'aide pas non plus, malgré la difficulté qu'elle rencontre; malgré sa grimace. Puis elle glisse le petit collier dans son sac à main, en disant voilà. Elle rêve que Sami la prenne alors dans ses bras, qu'il la serre fort, en tous cas qu'il ait au moins un geste de gratitude. Un tout petit peu d'amour pour elle. Mais, il se contente de soupirer , puis il se lève : « bon je vais me coucher », lâche-t-il. Elle se lève à son tour mais en glissant d'autorité son bras sous celui de Sami, comme dans la dernière séquence tournée sur la plage de Noirmoutier, et ils marchent ainsi jusqu'à l'ascenseur. Quel homme détacherait son bras du bras de Romy Schneider ? Une des plus belles femmes du monde. Tous les hommes rêveraient d'être à la place de Sami.

Derrière eux, Montand rentrant tard à l'hôtel après une partie de poker où il a laissé sa chemise, se voudrait discret. Il s'arrête bavarder un instant avec le concierge pour ne pas les rejoindre dans l'ascenseur et troubler ainsi leur intimité, tout en les observant à la dérobée…

Devant la porte de sa suite, Sami n'a pas le courage de retirer son bras car il a aussi l'impression d'avoir déjà été suffisamment sévère avec Romy depuis le début du tournage. Très dur, même. Mais elle l'a forcé à accepter cette privauté, marcher bras dessus-bras dessous, et ce n'est pas très agréable non plus. Ses façons montrent qu'elle a du cran, mais il n'a aucune envie de passer la nuit avec elle; disons plutôt : coucher avec elle, alors que la situation ne laisse pas d'autre issue. Il espère qu'elle le comprendra sans qu'il y ait besoin d'être plus explicite ; sans devoir l'éconduire une nouvelle fois.

- Je peux dormir dans ta chambre? lui demande alors Romy sans détour, les yeux dans les yeux.
- Dormir ? fait-il interloqué, car c'est quand même un peu direct malgré les mœurs très désinvoltes de l'époque.

- Parterre au pied de ton lit, préciserait-elle en posant la tête contre sa poitrine.
- Mais enfin, Romy….
- En quoi ça te dérange ? S'il te plait, Sâmy…
- Tu m'embarrasses vraiment…
- Accorde-moi juste cette faveur. J'ai besoin de dormir au pied de ton lit. S'il te plaît…

Il finit par céder, en espérant qu'elle dormira vraiment parterre et qu'elle ne cherchera pas à se glisser entre ses draps au milieu de la nuit, ni que c'est juste un subterfuge pour s'introduire chez lui.

Á peine sont-ils entrés dans la suite, qu'elle dépose son sac à main sur le canapé Chesterfield du salon et va s'allonger sur le tapis au pied du lit. Va-t-elle dormir tout habillée, à la dure?

Elle a juste retiré ses chaussures, et c'est un tableau saisissant que cette belle femme allongée parterre, une paire d'escarpins Céline tout neufs abandonnés à côté d'elle. Sami lui cale alors un oreiller sous la tête, et va lui chercher un édredon dans l'armoire pour améliorer un peu son confort. Tout ça est tellement ridicule, pense-t-il en se déshabillant.

Où veut-elle en venir, en se mortifiant de la sorte ? Il n'ose même pas lui souhaiter bonne nuit. Passer une bonne nuit dans ces conditions, faut pouvoir. Mais peut-être qu'elle finira par regagner sa propre chambre, espère-t-il.

Il se mettrait au lit à son tour, en imaginant qu'elle va lui parler encore de leur bisbille. Or, elle a déjà sombré dans le sommeil, constate-t-il en se penchant sur elle. Elle ne fait pas semblant. Sa respiration régulière ne laisse pas place au doute. Il ne l'entend pas non plus se réveiller au milieu de la nuit ou au petit matin, et regagner sa chambre. Cette femme s'endort et se réveille sans faire le moindre bruit, en tous cas quand Sami ouvre les yeux à sept heures, Romy n'est plus là.

CHAPITRE 16

Ce matin-là, le plan de travail serait encore bouleversé, non pas à cause de la météo mais à cause d'un évènement totalement imprévisible. Inquiétant et mystérieux aussi.

Á huit heures pile, Sussfeld arrive dans le hall au Grand Hôtel comme convenu la veille et poireaute quelques minutes, un peu surpris de devoir attendre car Romy est toujours à l'heure et il est déjà huit heures dix. Alors il demande à la réception de la prévenir, mais le concierge lui chuchote à l'oreille qu'elle est retenue dans sa chambre. Des policiers de la Brigade Criminelle de Montpellier sont en effet venus l'interroger. Sussfeld n'en croit pas ses oreilles. La Crim, carrément ! Comme dans un film. Son catalogue imaginaire de catastrophes ne prévoit pourtant pas ce genre de tuile. Est-ce jamais arrivé sur un tournage ? C'est une nouveauté !

Avant même d'alerter la production il monte au cinquième et toque à la chambre de Romy pour en savoir davantage, déjà en sueur. Un policier en civil lui ouvre. Sussfeld se présente et demande pourquoi l'actrice est retenue, tout en l'apercevant au fond la pièce faisant face à un policier qui parle allemand. Á moins que ce ne soit un policier allemand, massif et les cheveux en brosse. Mais on ne laisse pas entrer Sussfeld.

L'assistant redescend en vitesse téléphoner à la productrice De Broca, qui prévient Sautet déjà sur le plateau avec Boffety. Pendant toute la matinée on court dans tous les sens, on appelle en haut lieu pour essayer de dénouer le nœud qui s'est formé. Mais on n'en sait pas beaucoup plus jusqu'à la fin de la matinée, et on se perd en conjectures.

Finalement, Romy rejoint l'équipe qui déjeune à La Calanque, et elle raconte brièvement qu'elle a été interrogée par un policier allemand au sujet d'un ami de sa mère. Personne n'ose demander plus de précision, alors qu'il doit s'agir d'une affaire suffisamment grave pour que la police allemande ait dépêché un inspecteur à Sète. Tout le monde le sent bien. Mais par égard pour la star on change rapidement de sujet. Sautet recommande à Romy la cassolette d'écrevisses, un vrai régal, mais elle voudra d'abord boire un verre de Pouilly. L'interrogatoire a été très long, très éprouvant aussi. Elle a besoin d'alcool plus que de nourriture, et touche à peine à son repas ; siffle trois verres de Pouilly l'un derrière l'autre, et cela n'échappe pas à Sami. Il lui sourit à plusieurs reprises pendant le repas, mais ils n'ont pas pu parler ensemble, car ils sont à un bout de la table chacun, et le restaurant est très bruyant. On ne s'entend pas, là-dedans…

Sautet et toute l'équipe partent ensuite préparer les séquences du matin reportées à l'après-midi. Ne restent que Sami, Romy et Montand à La Calanque. Très vite Montand se retire à son tour, toujours par souci de discrétion. Sami se rapproche alors de Romy, et lui demande si elle a quand même passé une bonne nuit : « Je suis soupçonnée de meurtre, figure toi », lui répond-elle…

Il a un imperceptible mouvement de recul, et Romy s'en rend compte. Ça lui fend le cœur mais elle ajoute qu'on a trouvé un corps sans vie chez sa mère, sur le perron du chalet, le soir du mariage. Suicide ou meurtre, la police n'a toujours pas tranché.

- C'était qui, ce type ? demande quand même Sami en se rapprochant à nouveau.

- Sûrement un ami de ma mère, ou de son nouveau mari, mais je ne sais pas exactement qui c'est.
- Et on te soupçonne de l'avoir tué ?
- Quand même pas… Disons que je fais partie des suspects. Allons marcher un peu, Sâmi…

Ils sortent du restaurant, et Romy ne peut s'empêcher de prendre à nouveau son bras au bout de quelques pas pour longer les docks en silence, alors que mille questions traversent l'esprit de Sami. Mais il les garde sur le bout de la langue. Qui? Quoi ? Comment ? Á ce moment précis de leur déambulation, il éprouve pour elle un mélange de tendresse et de méfiance qu'il ne peut pas synthétiser. Méfiance parce qu'il n'y a pas de fumée sans feu, et que si la police veut interroger Romy, c'est sûrement pour de bonnes raisons; tendresse, ou attendrissement plutôt, parce qu'elle est accrochée à lui comme une naufragée à un frêle esquif, et qu'elle se noierait s'il la lâchait.

Il sent pourtant qu'elle ment en prétendant ne pas connaître le macchabé. Á coup sûr elle le connaît. Bien sûr qu'elle le connaît ! Mais elle a une impérieuse raison de dire qu'elle ne le connaît pas.

Dans le tête à tête que Sautet tourne cet après-midi-là, Rosalie est nue sur le lit, joliment filmé de profil, un rai de lumière argentée épousant ses courbes parfaites en contre-jour, tandis que David de dos travaille sur la table de leur chambre d'hôtel. Mais il n'est pas content de ce qu'il fait, et jette plusieurs esquisses au panier en maugréant:

- Tu me troubles ! finit-il par dire à Rosalie
- Je voudrais vivre longtemps, lui répond-elle comme si elle avait eu tout à coup une vision de sa mort prématurée, tragique et cruelle.

En tous cas cette fois, Sami a donné sa réplique à la perfection, peut-être parce qu'il est vraiment troublé par la nudité de Romy. Entre deux prises, elle enfile un peignoir et gagne sa loge improvisée où elle espère que Sami la rejoindra, mais il va plutôt boire une bière au bar d'en bas après chaque prise. Il a beau se dire que c'est juste un film, et que cette nudité n'est qu'une contrainte du scénario, il éprouve quand même une attirance qui n'est pas que scénaristique. Ce n'est pas non plus juste de la concupiscence pour un beau corps de femme.

Il a déjà tenu plein d'autres célébrités dans ses bras, des sex-symbols comme Brigitte Bardot, des merveilles comme Pascale Audret et Delphine Seyrig. Son trouble vient d'ailleurs. C'est l'enquête criminelle sur Romy qui remue en lui des sensations nouvelles; un désir trouble pour sa partenaire et pour sa part obscure.

Ce soir-là, elle toque à sa porte vers onze heures, dans un peignoir de satin blanc qui lui arrive au-dessus du genoux et elle est pieds nus. Sami lui ouvre comme si c'était devenu l'usage entre eux, pas surpris en tous cas et vaguement heureux qu'elle soit venue, mais cette fois elle va s'asseoir au bord du lit tandis que lui, se tient quand même à distance, dans le canapé Chesterfield. Ils se regardent longuement, échangeant d'abord des banalités, un peu de langueur commence à naître entre eux et ça pourrait finir comme dans un film, ou comme dans la vie par un premier baiser. C'est à qui rompra en premier le charme de ce moment si délicat, où leur relation peut devenir une histoire d'amour. Or, la curiosité l'emporte.

- Tu le connais, le type qui est mort chez ta mère, lui dirait alors Sami…
- Je t'ai dit que non.
- Dis moi la vérité, Romy…

- Je le connais de nom…
- C'était qui ?
- Un certain Heinrich Glück…
- Mais encore…
- C'est un criminel, lâche-t-elle alors sans détour.
- C'est-à-dire ?...
- Un ancien nazi…

Comme tout rescapé de la Shoah, le mot nazi suffit à assombrir Sami. Romy le prononce comme elle prononcerait un autre mot, sans hésiter et sans trembler, alors que ce mot provoque une déflagration dans la tête de son partenaire quand il l'entend. Sami doit toujours faire un gros effort, pour évacuer les images d'épouvante que ce mot ranime en lui. Ça peut prendre du temps comme exercice, car il doit fermer les yeux plus ou moins longtemps, pour réduire en débris les souvenirs terrifiants de l'Occupation et de la clandestinité, jusqu'à ce qu'ils deviennent abstraits; les noyer quelque part, dans une zone grise et molle de son cerveau où ils se désincarnent. Il n'y arrive pas obligatoirement. Les mauvais souvenirs ne se laissent pas évacuer si facilement. Ils ont la persistance d'une maladie incurable. Celui du médecin scolaire qui s'aperçoit que Sami est circoncis, résiste toujours. Il est ineffaçable. Inoubliable. Dans *Un sac de billes* Joseph Joffo décrira aussi une scène de ce genre, quelques années plus tard; la circoncision pour démasquer un petit Juif caché sous un faux nom ; cette marque du corps qui trahit le gosse.

- Alors il y avait un Nazi au mariage de ta mère ? finit-il par demander.
- Plusieurs oui, avoue Romy sans ciller.
- … Bon, fait Sami en fermant les yeux car cette fois, la franchise de Romy le submerge. Trop d'images d'épouvante reviennent, d'émotions et de souffle court, de terreurs nocturnes. Impossible de poursuivre cette conversation sur un ton feutré, encore moins d'entretenir ce début de flirt avec sa partenaire. Il aimerait juste qu'elle disparaisse de cette chambre comme la fumée dans les nues, sans qu'il n'y ait besoin de la mettre dehors. Et en même temps, il veut connaître le fin mot de l'histoire. Plusieurs nazis mais combien ? Qui sont-ils et d'où sortent-ils ? De quel monde vient Romy?

L'actrice allemande va alors chercher dans la penderie l'édredon de la veille et son oreiller, sans façon désormais. Elle s'allonge sur le tapis au pied du lit de Sami, se couvre jusqu'au menton en disant juste : « J'ai eu une journée très longue, Sâmy. Pardonne-moi, je tombe de sommeil. Bonne nuit. ».

Aussitôt après, elle s'endormirait sans même un bâillement.

CHAPITRE 17

Comme la veille, Romy s'éclipse de la chambre de Sami avant qu'il ne se réveille, vers six heures du matin, et file à pas de loup. Elle retourne dans sa propre chambre prendre une douche, se frotter au gant de crin jusqu'au sang – quelle manie! - puis appelle sa mère. Souvent elles se parlent de bonne heure.

- La police est venue m'interroger, maman, lui annonce-telle d'emblée, sans même lui dire bonjour…
- Mais pourquoi, chérie ? fait Magda.
- Eh bien à cause de ce qui s'est passé le soir de ton mariage…
- Pauvre Heinrich ! soupire Magda, en étouffant un sanglot. Un homme si doux… Si bon ! Il t'adorait…

Romy a alors envie de lui crier que c'est bien fait, au contraire, et qu'il aurait dû se jeter par la fenêtre depuis longtemps, ce misérable. Une colère de soufre et d'acide noir monte en elle, sentant sa mère émue à l'évocation du suicidé. Comment peut-on pleurer pareil salopard ? C'était sûrement un de ses amis, bien sûr ; un de ses admirateurs aussi. Magda a brisé tant et tant de cœurs parmi les hommes de son époque, dignitaires et seconds couteaux du régime honni. Et Romy prisonnière, ligotée mentalement, phagocytée même, subit à chaque instant de sa vie une histoire qui lui fait honte et qui la dégoûte. Jusqu'à ce tournage avec Sami Frey, elle imaginait des choses horribles sur la Shoah ; elle lisait, elle se documentait, avide d'en savoir plus jusqu'à la nausée. Elle a même joué le rôle d'une Juive dans « Le Train », film de Granier-Deferre avec Trintignant. Mais ce n'était pas concret et pas charnel. Depuis qu'elle côtoie Sami Frey, et bien qu'elle ne sache toujours pas qu'il a été un enfant caché, ni que sa mère a été gazée, elle a du mal à ne pas se jeter elle-même par la fenêtre.

- Tous les Allemands devraient se jeter par la fenêtre, lance-t-elle alors à sa mère. Pas que les nazis !
- Romy chérie ! s'écrie Magda. Tu deviens folle ou quoi? C'est Montand qui t'a mis ces bêtises en tête?
- Tu as couché avec Hitler, maman ! gémit-elle alors. Je le sais ! Je l'ai compris seule. Quelle honte ! Tu me répugnes!

Après quoi, la conversation devient impossible entre mère et fille. Romy raccroche-t-elle au nez de Magda ? Ce serait logique. En tous cas elle s'est délestée d'un boulet. Avoir enfin surmonté l'interdit qu'elle s'imposait jusque-là de lui dire ouvertement ce qu'elle savait, ou plutôt ce qu'elle avait deviné, l'a quand même soulagée. Qui peut supporter aussi longtemps, que sa propre mère ait copulé avec Hitler et le garder pour soi comme un poison lent ?

Après, elle reste assise sur le bord du lit dans son peignoir en éponge, tête basse et cheveux mouillés, à regarder ses pieds. Sidérée mais toujours pas libérée. Pire encore : rongée à nouveau par la culpabilité, à l'idée d'avoir meurtri sa mère. Elle l'aime tant ! Autant qu'elle la dégoûte, c'est dire. Tant de dégoût et d'amour mêlés, lui brisent le cœur jour et nuit. Maintenant que c'est fait et que c'est dit, elle aurait juste envie de se blottir à nouveau dans les bras de Magda comme si rien n'avait été fait et rien n'avait été dit. Tout effacer et tout recommencer comme dans un conte de fée. Retrouver une pureté originelle. L'innocence du temps jadis. Maelström de sentiments qui lui donne juste envie de pleurer, et ses larmes tomberaient goutte à goutte sur ses pieds…

CHAPITRE 18

Pas de scène avec Sami Frey ce jour-là, alors qu'elle brûle de le revoir ; juste un peu de figuration dans cette séquence magnifique où Montand-César fait le mariole pour les habitués du bistrot sétois, fidèle à son monde merveilleux de boniments et de filouterie ; artiste de music-hall pour toujours.

Dans cette séquence, Rosalie porte une robe jaune-beurre à manches courtes, et la coiffeuse du film lui a relevé les cheveux en chignon, dénudant sa nuque d'ambre. Belle comme une dieuse. Le script prévoit qu'elle laisse César amuser la galerie, et monte chercher David. Mais elle ne trouve qu'une lettre d'adieu sur la cheminée de leur chambre…

Dans la réalité aussi Romy est à la recherche de Sami. Entre deux prises elle s'éclipse pour voir s'il ne traîne pas dans le secteur, et Sussfeld ne sait jamais où elle est passée. Il toque à la porte de sa loge, l'appelle par la fenêtre, court ici puis là en priant le ciel qu'elle n'a pas été arrêtée pour de bon cette fois, et tombe enfin dessus par hasard :

- Vite Romy, on reprend !

- Je me dépêche, prétend-elle…

Tout se remet parfaitement en place, Sautet dit moteur et Montand reprend sa jonglerie au beau milieu de la clientèle du bar, tandis que la caméra suivrait Rosalie s'éclipsant à nouveau pour rejoindre David dans leur chambre. Cette fois tout baigne, c'est en boîte. Coupez ! La journée est finie.

Mais Sautet a beau s'en tenir à sa discrétion pleine de tact et ne poser aucune question à Romy sur ce qui s'est passé ce matin-là avec la police, il se rendrait quand même compte qu'il ne filme pas la Romy qu'il croyait filmer ; qu'il ne fait pas non plus le film qu'il croyait faire. Quelque chose d'autre se trame devant sa caméra. Mais quoi au juste ? Il est pourtant le démiurge tout puissant du film ; seul maître à bord après dieu. C'est toujours lui qui dit moteur et coupez, non ? Et pourtant quelqu'un d'autre tire les ficelles dans son dos, il le sent parfaitement.

Jamais il n'a éprouvé ce sentiment auparavant, malgré sa grande expérience; malgré ses films précédents avec Romy ; cette main invisible qui dispose les pions autrement sur l'échiquier et les déplace à sa guise. Du jamais vu. Il faut pourtant que le réalisateur tienne la barre comme s'il ne s'était pas aperçu qu'un autre film se cachait dans *César et Rosalie,* car il doit mener son embarcation à bon port. Il lui faudra des ornières pour continuer. Comme un bon canasson, pas comme un maître. Toute l'équipe compte sur lui pour terminer le film.

En mal de confidence, il cherche une oreille compréhensive. Boffety peut-être ? Ou alors Dabadie, puisqu'il a co-écrit le scénario avec lui. Mais il ne veut passer pour un dingue ni aux yeux de l'un ni aux yeux de l'autre. Á qui d'autre avouer ce sentiment de dépossession? Personne ne comprendrait, et sa femme non plus, pourquoi l'inquiéter ? Alors autant garder cette impression pour lui-même jusqu'à ce qu'elle se dissipe. Si elle se dissipe !

CHAPITRE 19

Ce soir-là, Sami n'attend pas que Romy frappe à sa porte. Il la devance en sonnant à la sienne vers 10h du soir, et elle est tout à fait ravie, aux anges et enchantée qu'il soit venu. Elle se blottit contre lui, avide de sa chaleur et sûre d'avoir enfin conquis sa bienveillance. Peut-être même son amitié. Il se détache pourtant d'elle rapidement, en gardant la tête haute, et lui demande la permission de s'asseoir sur son propre Chesterfieldd. Toutes les suites du Grand Hôtel ont un canapé du genre…

Fausse joie donc pour Romy, mais il est venu et c'est ce qui compte le plus, comme s'il avait maintenant accepté ce petit jeu, cet érotisme subtil sans étreinte ni attouchement, qu'elle a instauré depuis deux jours, sauf que Sami n'a pas l'intention de dormir à son tour au pied de son lit. Elle s'en doute bien.

- Où étais-tu aujourd'hui ? Je ne t'ai pas vu de la journée…
- Á la bibliothèque municipale, lui annonce-t-il, et elle esquisse un demi sourire attendri en s'asseyant à côté de lui sur le canapé.

- … Tu cherchais un livre ?
- Une histoire du cinéma allemand, oui…
- Et t'as trouvé ?
- Il n'y en avait pas en français, mais j'en ai trouvé un écrit en allemand.
- Tu lis l'allemand ?
- Non mais avec mon yiddish de langue maternelle, j'ai réussi à comprendre à peu près ce qui était écrit. Et puis la bibliothécaire m'a un peu aidé… Magda Schneider, c'est bien ta maman ?..
- Oui c'est maman, reconnaît Romy devenant grave tout à coup
- Elle a joué Sissi elle aussi, dans les années 30 ?
- Oui oui, et dans mon Sissi à moi, elle jouait la mère de Sissi, ma mère donc, tu savais pas ?
- Incroyable, dit-il en fronçant les sourcils, car cette femme a un don extraordinaire pour traverser les dimensions, réalité et fiction, passé et présent.

Dans le film de Sautet elle se remarie au même moment que dans la vraie vie, et dans Sissi elle aurait joué et la fille et la mère à 25 ans d'écart. Ce n'est pas courant. Mais ce n'est pas ça non plus qui préoccupe Sami. Il veut savoir si

Magda Schneider a pu tourner pendant la guerre, car il n'en a pas trouvé trace dans le petit livre de la bibliothèque municipale. Pas le moindre film entre 1938 et 1952. Il en a conclu naïvement qu'elle avait été antinazie car sous le régime de Hitler, on ne pouvait pas travailler dans le cinéma sans être inscrit au Parti Nazi. Tous les artistes allemands de premier plan comme Marlène Dietrich et Fritz Lang avaient dû s'expatrier à cause de ça. Bertolt Brecht aussi. Magda avait-t-elle quitté aussi l'Allemagne à l'époque? demande Sami à sa partenaire.

- Pendant la guerre ? répète Romy embarrassée. Non non, on habitait en Bavière…
- Mais elle tournait ?
- Je ne sais pas, tiens… J'étais petite hein… Il faudra que je lui demande.
- Et tu me le diras ? dit Sami en se levant déjà.
- Tu pars ?
- Oui je suis fatigué
- Attend !..

Elle le tire par la manche et il se rassoit à contre-cœur, encore que ce genre de geste de Romy, familier et autoritaire à la fois, suscite toujours un certain attendrissement chez Sami parce qu'elle lui montre ainsi qu'elle n'a pas d'orgueil malgré sa renommée, ses lauriers, sa beauté. Jamais hautaine, toujours en quête d'autrui. Ou alors c'est juste sa culpabilité d'Allemande qui lui dicte cette humilité. Qu'importe, d'ailleurs. Il attend d'elle qu'elle comble la lacune de la petite histoire du cinéma allemand, qu'il a lue à la bibli municipale…

- Elle a dû tourner une connerie ou deux, je crois… avoue finalement Romy. Un truc sentimental.
- Ca s'appelait comment ?
- Ca s'appelait attend, c'était quoi déjà le titre ?... Heu *Liebekomédie* ou quelque chose comme ça.

De nos jours, Sami Frey consulterait son téléphone pour en savoir davantage sur ce navet, puisque Romy dit que c'était une connerie. Mais là, il faudrait qu'il retourne en bibliothèque, et une bibliothèque plus fournie en histoires du cinéma allemand que celle de Sète.

- Mais à l'époque, dit-il prudemment, il fallait avoir sa carte du parti nazi pour tourner…
- Oui enfin officiellement oui… Mais on tournait très peu de films, tu sais.
- Ta maman était inscrite au Parti Nazi ?

- Non non, se défendrait d'abord Romy avec une blancheur fébrile dans la voix. Elle avait tu sais, elle… enfin d'autres appuis, quoi.
- Lesquels ?
- Eh bien… des amis. Je ne sais pas si tu connais. Un certain Martin Bormann, tu vois qui c'était ?
- Non
- Le comment dire ?.. le secrétaire particulier de Hitler…
- Rien que ça ! souffle Sami déjà en sueur.
- Et puis merde ! s'écrie Romy aussitôt après en se levant. Pourquoi je cherche encore à la défendre ? Je suis pas son avocat! *Meine Mutter war Nazi!* hurle-t-elle en allemand le cou tendu, et elle tombe à genoux devant Sami, en demandant pardon.

CHAPITRE 20

Ou alors, autre hypothèse romanesque, Sami entre dans la chambre de Romy à la même heure ce soir-là, sans avoir été à la bibliothèque et ignorant tout de Magda, avide d'entendre Romy sur les fameux nazis qui assistaient au mariage de sa mère.

Il va s'asseoir sur le canapé Chesterfield et elle vient se blottir contre lui, tout contre lui, sans fausse pudeur ni retenue, les yeux dans ses yeux, brûlante de devenir sa maîtresse ou quelque chose comme ça, franchir un seuil dans l'intimité, toucher enfin sa peau, et surtout ne plus dormir au pied de son lit mais dans ses bras enfin. Or, Sami reprend là où ils s'étaient arrêtés la veille, après que Romy lui eût dit qu'il n'y avait pas qu'un seul nazi au mariage de sa mère, mais plusieurs ; et qu'elle se fût endormie là-dessus…

- Qui étaient ces gens ? lui demande-t-il sans détour, et cela suffit à freiner l'élan de Romy.
Elle se détache de lui, et le bleu de ses yeux passe du bleu tendre au bleu sombre d'affliction en le regardant.
- Oh Sâmi, soupire-t-elle, j'ai tellement honte !..

Relève ses beaux cheveux en arrière, pour gagner du temps ou se donner du courage, puis va chercher une Pall Mall sur la table de nuit. Qu'est-ce que je peux te dire ? fait-elle en tirant une première bouffée de sa cigarette. C'étaient des amis de jeunesse…

- Reviens t'asseoir, lui murmure Sami avec beaucoup de douceur, pour qu'elle ne se raidisse pas davantage.

Car il n'aurait pas passé sa journée à la bibliothèque municipale, loin de là, mais face à la mer, adossé au cimetière marin de Sète, pour réapprendre à maîtriser sa respiration comme il avait appris à le faire jadis, dans sa prime jeunesse de comédien. Romy comprend qu'il l'invite à ses côtés, pas dans ses bras, et elle revient près de lui, avec sa cigarette et son cendrier, en jupe droite de couleur vert bouteille et teeshirt de lin blanc, pieds nus, magnifique.

- J'en pouvais plus d'être au milieu de ces gens, alors…
- Qui étaient-ils ? insiste Sami.
- Ils étaient tous à Bertschgaden en 1943….
- Comment ta mère les connaissait-elle?

- Tu me tortures Sami, avouerait Romy en écrasant sa cigarette presqu'entière dans le cendrier. Oui tu me tortures, mais c'est normal. Comme j'ai honte !
- Réponds-moi s'il te plaît.
- Maman avait une relation avec lui, Sami. Voilà la vérité, lui avouerait-elle finalement.
- Le gars qui s'est suicidé? demanderait-il alors naïvement.
- Non lui, tu sais bien…
- Non, c'est qui, lui ?
- Eh ben Hitler, soufflerait-elle enfin.

Que ferait un rescapé de la shoah en entendant ça ? Entendrait-il seulement les mots prononcés? Pour lui une maman, ça berce son enfant ou ça lui crie dessus en yiddish, ou bien ça fait à manger en chantonnant. Ca lave aussi du linge en soupirant, ou ça nettoie énergiquement le parterre. Ca ne peut pas avoir de «relation », avec Hitler ou n'importe qui d'autre, trop occupée qu'elle est à la maison.

Avec le peu de souvenir qu'il a de sa mère, Sami n'aurait entendu que le mot maman et occulté le mot Hitler. La phrase en entier ne lui reviendrait à l'esprit qu'en retournant dans sa chambre ce soir-là, alors que Romy attendait, brûlait, se consumait de passer enfin leur première nuit d'amour, toujours remise au lendemain.

Il appelle Delphine, mais Concepzione lui rappelle que Madame travaille cette nuit-là. Elle tourne les dernières scènes de « Jeanne Dielman », avec Chantal Akerman, et Sami raccroche en se répétant comme une litanie, l'aveu de Romy : «Maman avait une relation avec lui»…

Qui appeler d'autre pour en parler? Impossible de garder ça pour soi. Perec peut-être, qu'il n'a pas vu depuis un bon mois ? Il forme son numéro et, après quelques *kvichs* d'‘introduction pour rigoler, Sami lui raconterait ça. Perec dirait juste :

- Qu'est-ce que tu vas faire alors?
- Je te le demande, répondrait Sami.
- Il faut pourtant que tu finisses le film, Sam…
- C'est pas le plus difficile…
- Quoi alors ?
- Comprend moi Georges : sa mère baisait avec Hitler mais elle, Romy, c'est pas comme sa mère…
- Non !
- Elle est soupçonnée d'avoir poussé un nazi par la fenêtre…

- Quoi !!!!
- Authentique !…

CHAPITRE 21

L'hypothèse romanesque prend un sérieux coup dans l'aile un demi-siècle plus tard, au matin du 7 octobre 2023, quand Sami Frey âgé de 85 ans prépare son café. Il entend à la radio que des centaines de terroristes en provenance de Gaza ont envahi le sud d'Israël. Encore des mauvaises nouvelles de là-bas, penserait-il en allant s'asseoir dans son salon, mais ce sont les nouvelles habituelles. Il n'y a pas que le lait et le miel qui coulent en Terre Promise. Des rivières de sang coulent en parallèle.

Après la guerre, à l'âge 11-12 ans, il avait voulu s'engager dans la Haganah mais on l'avait trouvé un peu jeune pour devenir soldat, et il avait reporté son départ. Il aurait eu une tout autre vie dans ce jeune pays qu'on créait de bric et de broc entre la Galiléee et le désert du Néguev. Beaucoup d'orphelins de la Shoah y étaient allés, pour essayer de se construire un avenir en sortant de l'enfer. Dans « Le garçon qui ne voulait pas dormir », Aaron Appelfeld, orphelin de la Shoah lui aussi, a magnifiquement raconté cette époque et cette condition d'orphelin-pionnier. Sami ne serait jamais devenu acteur s'il y avait été aussi, et n'aurait connu ni Bardot, ni Seyrig, ni Romy Schneider ; or c'était son destin que de rencontrer ces femmes merveilleuses et d'être un acteur célèbre. Quand Eichmann a été capturé, il s'était rendu à Tel-Aviv assister à son procès. Maintes fois, il a voyagé là-bas. En 1957, la première fois qu'il y a mis les pieds, il avait travaillé en kibboutz. Mais il est toujours revenu sur ses pas. Parisien à jamais.

Sauf que cette fois les nouvelles à la radio ne sont pas seulement mauvaises. Elles sont atroces. Un reporter raconte d'une voix tremblante que les envahisseurs se sont introduits au Kibboutz de Be'eri qui fait face à Gaza, déguisés en soldats israéliens, et auraient égorgé des familles entières. Un pogrom est en train d'avoir lieu, comme en Pologne jadis dans les localités proches de Gaza. Sur une autre chaine de radio, un autre envoyé raconte qu'une vieille dame a été kidnappée par des terroristes en moto, qui l'ont emmenée là-bas, dans leur enfer. Un troisième révèle aux auditeurs que d'autres assassins du Hamas ont fondu sur une rave party et tué au moins 200 jeunes gens qui dansaient. Comme une copie conforme du Bataclan en 2015, mais en plein Néguev. Et pluie de missiles en même temps sur le territoire d'Israël.

Revient alors la peur au ventre qu'il avait éprouvée jadis, quand sa maman l'avait quasiment jeté dans le panier à linge, pour le soustraite à la Gestapo qui cognait à la porte. Les détails plus horribles les uns que les autres affluent dans le poste de radio. Quatre-vingt ans après lui, d'autres enfants juifs sont poursuivis parce que Juifs ; décapités, égorgés, brûlés vifs. Ils se cachent à leur tour dans des paniers à linge, tandis que leurs parents sont éventrés par les djihadistes.

Son café devient imbuvable, et il manque d'air. Sami va respirer à la fenêtre. La Place des Vosges est encore vide ce samedi matin, à part deux jeunes gens en chapeau noir qui la traversent d'un pas alerte pour rejoindre la synagogue. Eux, à shabbat, ils n'écoutent pas la radio ; même pas s'ils consultent leur smartphone. Ne doivent pas être au courant du massacre en cours. Les mains en porte-voix, Sami les appelle pour leur dire ce qui est en train de se passer au kibboutz de Bé'eri, mais ils s'engouffrent trop rapidement dans la synagogue et ils ne l'entendent pas. Ici ou là-bas, ce sont les mêmes monstres qui guettent.

Il ne faut pas rester seul dans ces circonstances-là non plus. Mais à qui parler de si bonne heure, un samedi ? C'est toujours Georges Pérec qu'il a envie d'appeler dans ces moments-là; et Delphine bien sûr, et Romy et Montand et Sautet. Tous partis pour l'au-delà, et lui encore vivant, éternel survivant, pratiquement seul sur terre. Que sont mes amis devenus…

Un vieil acteur se réfugie dans ses souvenirs de cinéma parce que ce sont autant d'ilots de grâce et de félicité dont les films sont la trace intacte. Au moins avec les images, ce qui a été demeure. Alors que toute vie se fane ou s'évapore, un film est la démonstration probante que le temps ne passe pas et que la jeunesse est éternelle. Sami regarde parfois le film avec Romy et Montand, pas pour le film lui-même mais pour le film caché ; celui que Sautet a fait sans le savoir. Dans chaque séquence de *César et Rosalie* , il y a un filigrane de *David et Rosalie* , romance invisible à l'œil nu, et son point d'orgue quand Romy révèle à Sami que sa maman avait « une relation » avec Hitler ; avec « lui », avait-elle dit pour ne pas avoir à prononcer son nom.

Dès le lendemain, toute l'équipe rentre à Paris pour tourner les dernières séquences, et Sami a eu deux jours de répit pour comme on dit digérer la nouvelle ; la malaxer et la broyer dans un coin de son cerveau ; sa déchetterie mentale qui transforme tout ce qui y rentre en fumée âcre mais fumée quand même. Ça lui a évité de ne même pas pouvoir la regarder en face, Romy.

Lorsqu'ils se revoient trois jours après sur le tournage à Paris, Sami est redevenu égal à lui-même, gentleman d'un côté, brun ténébreux de l'autre, alors que Romy a quand même une lueur d'appréhension couleur bleu marine dans le bleu de ses yeux. Mais on les installe ensemble dans le tacot jaune de David pour tourner la scène, bichonnés par un aéropage de maquilleuses, coiffeurs, habilleuses et autres techniciens dont la présence affairée interdit toute intimité alors qu'il doivent se dire je t'aime pour les besoins du film. Pas exactement je t'aime, d'ailleurs, mais quelque chose de proche :

- Et si on vivait ensemble ? propose David à Rosalie dans cette séquence.
- Toi alors ! réplique Rosalie, un peu colère. Tu disparais pendant des années, tu reviens

sans crier gare et il faudrait que j'abandonne tout pour toi !.

Or la veille, Sami a vu à la une de *France Dimanche* , que Romy avait offert six millions de francs à son ex-mari pour qu'il lui rende la garde de David, leur fils. C'est beaucoup d'argent à l'époque. Une fortune, même. Ca montre qu'elle se fiche de la vie matérielle et c'est bien, c'est prodigue. Mais cette histoire trotte bizarrement dans la tête de Sami et prend des chemins de traverse. Le nom de l'enfant monnayé étant le même que celui de son personnage dans le film, au lieu de dire « et si on vivait ensemble ? », il dit : "et si on payait ensemble ?"…

Sautet gronde in peto : ça recommence, Sami s'emmêle encore les pinceaux ! Mais Romy a compris immédiatement le lapsus et son origine. Elle éclate plutôt de rire, libérée de l'appréhension qu'elle avait depuis son arrivée sur le plateau, et elle enlace son partenaire tendrement : « ok Sâmy, on fait naf-naf » lui chuchote-telle à l'oreille, utilisant une expression typiquement yiddish qui veut dire moitié-moitié, tandis que Sussfeld presse toute l'équipe de se remettre en place.

Toute la matinée passe à filmer le champ, et l'après-midi le contre-champ de cette séquence. Une journée bien remplie. Pas fameuse cependant sur le plan cinématographique parce qu'encore une fois, Sautet n'est pas à l'aise dans l'intime. Sa mise en scène est sommaire, ses gros plans de simple aplats et l'éclairage sans relief ni profondeur. Les deux acteurs ne jouent pas très justes non plus.

Le lapsus de Sami a quand même détendu l'atmosphère suffisamment pour que Romy le regarde à nouveau avec du bleu tendre dans les yeux. Alors que dans cette scène Rosalie reproche vertement à David de débarquer dans sa vie sans crier gare, sur le plateau ce serait très différent. Entre deux prises Romy prend encore son partenaire par le bras pour l'entrainer dans sa loge, comme elle le prenait par le bras à Sète pour monter dans sa chambre. « Joue comme un homme ! » lui disait jadis Orson Welles, et elle applique cette recommandation à son rapport aux hommes. En tous cas avec Sami, elle fait le premier pas, le deuxième et même le troisième. Elle n'est pas de ces femmes qui veulent faire croire qu'elles n'ont pas de fantasme, hautaines comme des tours de guet. Au contraire, toutes les nuances de bleu passent à nouveau dans son regard à peine qu'elle le regarde. Tendresse, désir, amour. Elle ne ménage pas sa peine pour qu'à son tour il ait envie que quelque chose ait lieu. Combien de temps vat-il encore résister ?

Elle sent pourtant qu'entre elle et lui, il ne peut pas s'agir de sexe ordinaire comme souvent entre les acteurs, dans l'euphorie d'un tournage. D'abord il est très amoureux et très fidèle à Delphine. Mais le dernier mari de Romy aussi était très amoureux de sa femme quand elle l'a rencontré. Elle est une voleuse de mari, voilà son vilain défaut et elle l'admet, mais elle ne vole pas un homme juste pour une nuit ; elle le vole pour la vie. Du moins c'est ce qu'elle se promet toujours et c'est comme ça qu'elle se voit. Son idéal, c'est d'être la femme d'un seul homme pour toujours, mais c'est un idéal qui bute toujours sur l'idée qu'elle se fait de sa liberté absolue. Et puis là, les circonstances se prêtent enfin à l'étreinte qu'elle attend depuis des jours et des jours, car dans cette loge il y a un petit divan de rien du tout, tout étroit et tout riquiqui, comme pour les serrer l'un contre l'autre, et Romy rompt soudain l'amarre en collant enfin sa bouche à la bouche de Sami. Un baiser très doux, pas une soupe de langues ; un gentil bécot câlin comme entre deux amis. Elle l'entoure ensuite de ses bras pour un deuxième baiser, mais il l'esquive d'un sourire indulgent en entendant Sussfeld frapper à leur porte : « Faut qu'on y aille, Romy, lui dit-il en la prenant par la main. Le devoir nous appelle… ».

CHAPITRE 22

Le lendemain, ils tournent justement le seul baiser de *César et Rosalie.* C'est le pic, le degré optimal de sexualité que se permet Sautet dans un film. Mais Romy Schneider a tant envie d'un vrai baiser avec son partenaire, qu'elle met toute la malice du monde dans son jeu, pour devoir recommencer vingt fois la scène.

- Embrasse moi, Dâvid, dit-elle à voix très basse dans la première prise, et Sami Frey l'embrasse sur la bouche.
- Coupez c'est bon ! dit Sautet au bout de quelques secondes, pressé d'en finir avec ce passage obligé.
- On n'entend pas Romy ! signale alors l'ingénieur du son en retirant ses écouteurs, et l'on doit recommencer aussitôt.

La technique commande… Il ne faut pas moins de dix prises et autant de baisers, pour que ce soit enfin en boîte. Mais dès la cinquième prise, Romy glisse sa langue dans la bouche de Sami et ainsi, de prise en prise, le baiser est un peu plus vrai qu'un baiser de cinéma. Au bout de la dixième, les deux acteurs continuent à s'embrasser même après que le réalisateur a dit : coupez ! Toute l'équipe l'aura vu, Sautet compris. Ca n'a duré disons qu'une demi-seconde de plus, mais ça n'a échappé à personne que les deux partenaires ne s'arrêtaient pas sur ordre du réalisateur…

Au montage, Sautet ne gardera que la deuxième prise, où le baiser est réduit à un bref effleurement des lèvres, mais pour Romy et Sami, il se sera agi d'un baiser pour de bon. Leur premier baiser. Á la dixième prise, c'est un baiser langoureux. Grâce à quoi d'ailleurs, Sautet tient enfin la preuve qu'un autre film parasite son film. Lui qui croyait jusque-là qu'il y avait un problème entre Romy et Sami, un conflit même, mais qui croyait aussi qu'ils couchaient ensemble d'après le bobard de Montand, bref lui qui ne savait plus à quel saint se vouer, ne serait vraiment pas fâché que ce tournage s'achève bientôt. Car Claude Sautet sait faire de beaux films sur la société française de son époque, pas résoudre ce genre d'équation à mille inconnues…

Ce baiser n'a pourtant pas de suite immédiate entre Romy et Sami. Á la fin de la journée, ils ne se retrouvent pas dans la loge au canapé tout riquiqui, car Delphine a rejoint son homme sur le tournage et ils sont rentrés Place des Vosges ensemble. Ce n'était pas prévu, mais Delphine a eu le nez creux. Elle a dû sentir quelque chose. L'intuition féminine, dit-on. A attendu discrètement dans l'ombre la fin de la scène à la porte du studio, et a soudain surgi dans les lumières du plateau juste après que Sautet ait dit coupez. Mais elle n'en a pas raté une miette. Depuis deux jours elle a fini «Jeanne Dielman » et quand elle ne tourne pas, elle tourne un peu en rond. Maintenant, elle aurait envie de promenades avec Sami au bois de Chaville, faire l'amour avec lui comme un dimanche, rouler cheveux au vent en moto Guzzi. Quand ils traversent Paris ensemble sur leur engin, on dirait deux étoiles filantes amoureuses du bitume. Tout à leur fureur de vivre…

Delphine ne reparle pas de ce baiser immédiatement mais elle y revient juste avant d'éteindre et juste après leur étreinte ce soir-là, pour lui dire ce qu'elle a sur le cœur : si Sami veut coucher avec Romy, qu'il couche avec elle et qu'on n'en parle plus. Le moment est habilement choisi ; ni trop longtemps après ce baiser, ni de but en blanc. Comme ça au moins, dans la pénombre de leur chambre, elle ne verrait pas les yeux de son homme exprimer un sentiment fautif ; n'entendrait pas non plus des justifications et du déni. Comme Sami elle est partisane du never explain never complain. Elle connait aussi le cinéma, Delphine. On ne la lui fait pas. Elle sait que les acteurs ne sont pas en bois. Ce ne sont pas des robots non plus et il n'y aurait pas de film sans érotisme ni désir. Que serait Hollywood sans ces sex symbols? Sans Marilyn, ni Ava Gardner ni Rita Hayworth…

CHAPITRE 23

Le film caché dans le film s'achève ainsi, sans caméra ni témoin, dans la pénombre de leur chambre, entre Delphine Seyrig pourtant absente du générique, et Sami Frey.

Quant au film officiel devant la caméra, il n'en reste que trois jours de tournage, mais uniquement des scènes de groupe avec Bernard Lecoq et toute une bande de dessinateurs un peu hirsutes et un peu bohêmes. La bande à David. Le plan de travail n'accorde plus à Romy le moindre tête-à-tête avec son partenaire.

Entre deux prises, elle retourne seule dans la loge au canapé riquiqui, sans oser prendre à nouveau le bras de Sami. Là, elle se sert un petit verre de whisky à chaque fois, et le boit à brèves gorgées. Elle tient bien l'alcool, d'ailleurs, comme sa maman. Ça ne se voit pas trop qu'elle est ivre en fin de journée, sinon que dans la dernière séquence, son accent allemand est un peu plus appuyé et sa langue un peu plus pâteuse. Mais à peine.

De son côté Sami cherche un moment propice pour la quitter bons amis; la bonne circonstance avec les bons mots, classieux comme toujours et bon camarade, surtout pas goujat. Mais ce moment ne se présente jamais, jusqu'au dernier jour du tournage. Il y aurait toujours trop de monde autour d'eux ; trop de maquilleuses, d'assistants, d'électros, de câbles, de projecteurs…

Ce moment propice ne se présenterait enfin que le jour de la première du film à Paris, presqu'un an après, dans les toilettes du Georges V, le grand cinéma des Champs-Elysées. Là, Sami sortant des cabinets, voit immédiatement Romy devant le miroir des lavabos. Il lui sourit gentiment et vient se savonner les mains près d'elle, tandis qu'elle arrange sa coiffure.

- On y va ? dit-elle au bout d'une minute, fin prête.
- Allons-y, répond Sami.

En montant l'escalier, elle lui prend le bras comme au Grand Hôtel de Sète, et il se laisse faire. Ainsi ils apparaissent bras dessus bras dessous pour la grande première de *César et Rosalie*, devant les photographes survoltés, crépitant de tous leurs flashs, la galerie éblouie par leur beauté, lui le petit enfant rescapé de la Shoah et elle, la petite fille blonde qui sautait sur les genoux du Führer, plus que jamais astres jumeaux, d'or et d'argent. Gloire et succès. Glamour et beauté.

En ce matin sinistre du 7 Octobre 2023, la première de «César et Rosalie » au Georges V trotte dans la tête de Sami, en écoutant le récit des atrocités commises sur les familles au kibboutz de Be'éri et dans tous les kibboutz en face de Gaza. Il va d'une pièce à l'autre fébrile, son petit poste de radio collé à l'oreille, sans arriver à se poser quelque part, et sans arriver à dissocier ce qu'il entend, du souvenir de cette soirée ; sans comprendre non plus pourquoi il ne peut pas les dissocier. Il voudrait ne penser qu'à ses pauvres gosses décapités, mais la première de « César et Rosalie », impose la félicité du souvenir comme allant de pair avec l'horreur pour faire un contre-feu. Ce matin-là en prenant leur café, d'autres gens découvrent comme Sami ces nouvelles atroces en repensant à la danse si joyeuse des *Harédim* dans Rabbi Jacob; à Laurel et Hardy, aux Marx Brothers, à Chaplin. On a tant besoin d'avoir ri pour supporter de telles abominations !

Que dirait Romy si elle était encore de ce monde ? Insondable mystère pour Sami. Mais elle penserait sûrement à quelque chose de choquant sur le moment ; une utopie inavouable pour dans cent ans, peut-être mille ans. Un jour peut-être, un petit orphelin du kibboutz de Be'eri sera devenu un acteur célèbre et tournera un film comme César et Rosalie, avec comme partenaire une fille de Gaza dont le père aurait participé à ce massacre. Mais en attendant, Sami éteint la radio car il en a assez entendu.

FIN

Contact galligrassud :
galligrassud@gmail.com

Adresse postale :
149 avenue du Maine
75014 PARIS

Imprimé en France
FRHW011412220824
40190FR00002B/2

9 782959 227028